Super ET

Donatella Di Pietrantonio
Bella mia

Con una postfazione dell'autrice

Einaudi

www.einaudi.it

ISBN 978-88-06-23799-8

Bella mia

A Piera e Anna Rita, ai loro ragazzi

Una volta ero molto leggera, pesavo pochi chili. Una volta
c'erano solo tre o quattro chili di me, solo pochi chili di me, solo pochi chili avevano il mio nome.

MARIANGELA GUALTIERI, Fuoco centrale

1.

Siede al suo posto con la testa capellona sul piatto, il vapore del brodo gli dilata i brufoli e piega i peli lunghi e sottili che spuntano senza progetto in attesa di diventare barba. Dal rumore delle posate credo ci stia lavorando, invece mangia troppo poco. Rimesta a lungo con il cucchiaio e lo porta alla bocca semivuoto. Evita i nostri occhi, sa che lo guardiamo e gli contiamo le proteine ingerite e quelle che lascia sul fondo.

Mastica silenzio.

Non riesco ad amarlo tutto, questo ragazzo. Alto, secco, un corpo di linee spezzate e mai curve, una debolezza improvvisa nel disegno delle gambe, appena sotto il ginocchio. La nonna lo tratta sempre da bambino, non so come regolarmi, io. È un adolescente, a volte sembra meno.

Provavo per lui una facile tenerezza quando era una creatura dai boccoli scuri e le labbra a cuore, allora possedeva in abbondanza la grazia necessaria ai piccoli per la continuazione della specie. Lo tempestavo di baci nei pomeriggi sfiniti che me lo davano in custodia. Sapeva di cucciolo, adesso gli capita di lasciarsi dietro l'aspro delle ascelle o una persistenza di capelli grassi mentre si sposta muto. Se toglie la maglietta, è un paesaggio di costole in rilievo da un lato, vertebre dall'altro. Si curva, assume la postura di chi ha appena ricevuto una pallonata nella pancia. Di spalle non sempre lo riconosco da lontano, è cresciuto cosí in fretta.

Ci troviamo intorno a questa tavola ricostruita che non appartiene a nessuno di noi. Ciascuno aveva la propria, la nonna vedova nella sua casa di paese, io in centro città e lui con la mamma non distante; loro due erano tornati a vivere qui da un anno e mezzo, quando è successo. Ora stiamo insieme, noi tre soli nell'appartamento assegnato. È nostro nipote, mio e di mia madre.

Non avevamo bisogno del terremoto. Ognuno possedeva già i suoi dolori. Mia sorella però era contenta di essere rientrata con il figlio, un ripiego accettabile, diceva. Si riappropriava dei luoghi, delle relazioni sospese, del tempo rallentato. Addolciva il distacco subíto.

Le domeniche pomeriggio d'inverno prendevamo il caffè da nostra madre sedute sotto il lampadario basso della sala da pranzo. Ci viziava con il cioccolatino trovato come per caso accanto alla tazzina fumante, piú tardi la ciotola di frutta sbucciata tesa da una mano invisibile, il pretesto di dover raccogliere i panni in cortile per liberare le confidenze a due.

Quando non usciva con gli amici veniva anche lui, attaccato alle cuffie. Ci isolava. Cosí fa adesso certe mattine, se perde l'autobus e lo accompagno in macchina. Adopera la musica che si versa nelle orecchie come filo spinato tra me e lui. A quell'ora è forse piú vulnerabile, piú attento a difendere la distanza. Sta tutto dentro il suo giaccone, alza il bavero, ispessisce il panno e si rende irreperibile. Guarda ostinato fuori, o l'orlo dei pantaloni e le scarpe. Si regge fino a sbiancare le nocche, per non essere proiettato verso di me dalle curve a destra. A quelle contrarie si appiccica al vetro con la faccia e la spalla, tiene disponibili solo gli spigoli dalla mia parte, l'anca, il gomito, casomai mi sbilanci io nella sua direzione. Di fronte alla scuola il saluto quasi non lo sento, ma chiude la portiera con insospettabile delicatezza.

Alcuni giorni fa ci siamo incontrati davanti al portone, lui con lo zaino e io con le buste pesanti della spesa. Mi precedeva di qualche passo, ha bofonchiato un mezzo ciao di schiena e lasciato aperto prima di salire. Ma poi, scaricata la sua zavorra al piano, è venuto giú per le scale ad aiutarmi, ha preso il sacchetto di patate e la confezione dell'acqua minerale che tenevo con un indice ormai cianotico. Gli ho detto grazie, nessuna risposta.

2.

Dio ha soccorso mia madre fin dal primo momento, è entrato dentro di lei con la potenza della sua voce a suggerire un senso allo strazio. Le ha trovato anche il coraggio di cercare qualcuno che stampasse gli annunci funebri, la follia di farli affiggere in due o tre punti dell'anello praticabile intorno al centro storico. Nulla doveva mancare a sua figlia, nella morte.

Ci passavo davanti in auto, certi giorni, piena di vergogna nel vederla scritta sul cemento grigio. Mi sono fermata una sera, ho tentato con l'unghia l'angolo del manifesto, ma era incollato forte, non voleva staccarsi. Ho desistito quasi subito. Con il palmo aperto ho accarezzato il nome, vocali e consonanti, era mia sorella.

Si deteriorano molto lentamente quei fogli appiccicati. Prima perdono il lucido della colla, poi l'inchiostro prende a sbiadire e uno spigolo superiore forma un'orecchietta. Lí lavorano di concerto il vento e la pioggia, insinuandosi tra il muro e la carta, rovesciano il lato bianco sul testo, lo coprono. Una mattina non c'era piú niente.

Mia madre lo invoca, il suo Dio, e si consola. Nella mia rozza incredulità immagino di riconoscerlo sulla Terra e trascinarlo, per il manto celeste che gli disegnano i bambini sul quaderno di catechismo, in una visita guidata agli elementi del disastro. Lei prega con fervore discreto, per la morta e per i vivi. Il nostro ragazzo è abbastanza gentile con la nonna, la guarda anche, e solleva un poco gli angoli della bocca in una prova di sorriso quando lei gli parla.

Usciamo tutti e tre al mattino, uno va a scuola, io al lavoro, l'altra riordina e poi prende l'autobus per il cimitero. Porta una borsa piuttosto capiente, con l'attrezzatura che ritiene necessaria alla cura delle tombe, un prodotto per la pulizia e un panno in microfibra. I fiori li compra alla bancarella davanti all'ingresso, ci lascia mezza pensione. Ogni giorno per lei è il 2 novembre. Compie gli stessi gesti meticolosi, butta le gerbere vecchie, in realtà ancora fresche, e le sostituisce con altre nuove, di colore diverso, le aggiusta nel vaso con morbide dita perché il mazzo si presenti bene. Lucida la pietra bianca, il sorriso nella foto che ha voluto mettere. A intervalli quasi regolari si volta impotente verso la nostra vicina di casa, accasciata giú in fondo sul marmo che chiude la figlia.

Aveva sei anni la notte del terremoto.

Mio padre è in un altro settore, non c'era posto vicino a lui. Mia madre lo tralascia un po', il lutto piú recente lo ha oscurato nel suo cuore. Gli concede qualche giorno di polvere sul ritratto, le corolle s'inchinano alla forza di gravità prima di essere rimpiazzate.

Alcune domeniche l'accompagno. Resto in disparte, mentre lavora. A tratti devo proprio allontanarmi, per una specie di nausea. Se l'ampiezza o la velocità dei suoi movimenti supera una certa soglia, mi viene il mal di mare. Non le dico nulla, bastano pochi passi indietro. La lascio alla solita occupazione, ne ha bisogno. Solo all'inizio ho protestato debolmente, per i manifesti, la fotografia sulla lapide. Esce dal cancello come appagata e si ferma qualche minuto con la fioraia, da tempo si danno del tu.

– Domani mattina presto dovrebbero arrivarmi le gerbere rosa, che faccio, te lo lascio un mazzo?

– Sí, è da parecchio che non te le portano, come mai?

– Non lo so, non si capisce niente con questi fornitori.
Ma domani è quasi sicuro, te le metto da parte.

– Allora ne prendo un po' di piú, cosí cambio i fiori anche da mio marito, gli si stanno seccando.

– Se compri due mazzi c'è lo sconto. Vai a fare la spesa
con questo freddo?

Sí, di solito va al mercato, nei giorni feriali. Verdura e
frutta di stagione per noi, quelle dei contadini, e dopo via
a casa a preparare il pranzo, con l'autobus delle undici e
mezza, che poi non ce ne sono piú.

Si è abituata all'appartamento, lo usa per quello che
serve. All'inizio la puzza di nuovo era insopportabile anche per lei. Nell'arco di un mese lo ha impregnato con gli
odori delicati di cucina sana. Quando siamo venute, piú
di due anni fa, sapevamo già di trovare lo spumante del
Governo in frigorifero. Il mio primo gesto è stato di aprire
la bottiglia senza scuoterla, ruotando il tappo tra pollice e
indice per non farlo saltare. Poi l'ho vuotata nel lavandino, tenendola con il collo basso, proprio sul foro di scarico.
A tubo ubriaco ho gettato il vetro nella pattumiera. Mia
madre mi guardava rispettosa seguendo tutti i movimenti.

Qualche anziano delle piastre quattro e cinque prova a
coltivare l'area sterrata intorno alle C.A.S.E.[1], semina nel
giusto periodo, avvia un orto, ce ne sono alcuni in fila verso la strada, rettangoli precisi. Nella stagione del raccolto i
pensionati scendono piú o meno alla stessa ora, si parlano
tra le rispettive piante di pomodori, commentano il clima
e mostrano al dirimpettaio l'attacco dei parassiti sulla buc-

---

[1] Complessi Antisismici Sostenibili ed Ecocompatibili.

cia del frutto. Li osservo la domenica mattina, la piú crudele della settimana, fumando una sigaretta alla finestra.
Sono cosí lenti, compresi tra i vegetali e la foschia leggera che trasuda dalla terra agitata. Per le scale spio i colori
degli ortaggi nei cesti, mentre risalgono per consegnarli
alle mogli. Mi meraviglia la loro fedeltà al suolo traditore.

D'autunno spazzano le foglie con metodo, anche quando per dispetto il vento le riporta subito a grattare con i
margini accartocciati il calcestruzzo del piazzale. Sanno
distinguere le occupazioni utili dalle inutili, le alternano
nello sforzo costante di riempire il tempo. Per la neve usa-
no le pale leggere di adesso, in plastica, con la bocca larga.
Lavorano espirando nuvole di vapore, il freddo paralizza
il groviglio di rughe incise sui volti arrossati dai disturbi
cardiaci.

Mia madre non presta il suo pollice verde a questo posto, tanto ce ne andremo, dice, e le dispiacerebbe abban-
donare la grazia di Dio cresciuta, cosí la chiama. Allora
fioriture di gerani sul nostro balcone estivo e niente di piú,
che quelli potremo portarli via. Gli somministra l'acqua
quotidiana, rimbocca il terriccio o stacca le parti secche.
Mandano profumo solo se toccati.

Non vuole abituarsi al quartiere provvisorio, la vedo attenta a calibrare le relazioni con i vicini per non stringerle
troppo. Ma si rivolge con premura riservata e pietosa alla
donna che sopravvive alla sua bambina, se a volte alza la
testa dall'abisso.

L'alloggio ha tre vani, una camera l'ho ceduta a Marco
quando è venuto a stare da noi due anni fa, l'altra è per
me e mamma. Lei tiene lindo e in ordine, ma mostra il distacco di chi aspetta con pazienza irreale di aggiustare la
casa al paese. È uno strano sogno in una persona non piú
giovane, dice che lo deve a papà, la sua famiglia abitava lí

da generazioni e lui aveva ristrutturato da solo, prima di sposarsi. Le ricordo cauta che papà è mancato da tanto, non sa del terremoto, non saprà dell'eventuale Ricostruzione. Che c'entra, lui da lassú vede tutto, risponde severa, con lo sguardo di quando le ho detto che non mi sarei cresimata. Dopo un po' si siede e quasi chiude gli occhi, riapre invece il vecchio portone trattato con l'olio e la pezza, entra nell'odore vago di muffa dell'ingresso angusto e posa il piede sul primo gradino della scala impervia che porta sopra, dove strillano le voci di noi gemelle, quella di Olivia piú acuta e gioiosa. Eravamo tutti vivi, allora.

3.

Incrocio una delle pattuglie che presidiano il perimetro della Zona Rossa e proseguo per qualche isolato, tra i rari passanti della mattina. Poi non c'è nemmeno bisogno di spostare la transenna, mi appiattisco contro il muro ed entro nell'ombra del vicolo proibito. Cammino in salita, con il fiato già grosso. A tratti arrivano zaffate di legname marcio, dai puntelli ancora intrisi della pioggia notturna. Quando svolto per via Mezzaluna, con la coda dell'occhio scorgo un movimento scuro e peloso, forse un animale di piccola taglia sgattaiolato all'improvviso. Per raggiungere il mio vecchio laboratorio devo costeggiare la casa che ha perso la facciata e mostra gli interni residui, conserve e pacchi di pasta in cucina, nel bagno lo specchio rotto attento alle variazioni del cielo cubista, l'armadio spalancato sui vestiti che resistono addosso alle grucce e si lasciano stingere le maniche dalle insistenze del sole. Un interruttore senza muro oscilla nel vuoto, sospeso al suo cavo. Sale la nausea, la controllo. È quel dondolio leggero, basta distogliere lo sguardo, andare oltre.

Lavoravo al piano terra di un palazzo adesso inagibile, categoria E. Apro il lucchetto gelato che tiene insieme le due metà del portone, ma poi devo forzare l'anta in apparenza piú cedevole con le mani, e non basta, con la spalla, il ginocchio, finché supero l'attrito del noce contro il pavimento. Lo stridore è enorme nell'enormità del silenzio. D'istinto allungo la mano a premere il pulsante sulla destra, la luce non può accendersi. Muovo qualche passo guardingo, aspettando di abituarmi alla penombra. Le scarpe spostano rumori di cocci e polvere, la respiro. Trovo l'unica finestra a memoria e stavolta gli scuri rispondono docili.

Non sono mai tornata qui, dopo il terremoto. Quando ho deciso di riprendere l'attività altrove, ho mandato qualcuno a caricare il forno e poco altro, l'indispensabile. In una fabbrica artigianale di Castelli ho ricomprato i semilavorati da dipingere, e poi i pennelli nuovi, la cristallina e i colori, anche un po' di lustri. Al mercato in Piazza d'Armi ho preso una grossa bagnarola di plastica per preparare lo smalto e un lungo cucchiaio di legno per miscelarlo.

Sono salvi solo i pezzi finiti e imballati negli scatoloni, eccoli là in fondo, potrei portarli via e vendere il contenuto. Dalle mensole che occupano intere le pareti sono invece caduti quasi tutti gli oggetti, scivolando lungo i piani inclinati dalla scossa. A terra le linee discontinue tracciate dai cocci riproducono preciso ma ristretto il contorno dello stanzone. Da un lato ci sono i frantumi dei biscotti, piú avanti le bottiglie smaltate che asciugavano e dalla parte opposta, già pronti per la cottura, i piatti con il galletto e i vasi da farmacia con i decori del Cinquecento. Quello che avevo fatto è perduto.

Raccolgo un frammento e leggo sotto una bacca la mia firma sottile interrotta alla E. Poi, come un piccolo miracolo, trovo una campanella volata illesa dentro uno degli zoccoli di gomma. Ci soffio sopra e la ruoto piano seguendo da vicino i dettagli della greca a fiori. Era per la Pasqua del 2009. Controllo che tintinni, con quel minimo batacchio. Il suono gentile funziona da sveglia, sto perdendo tempo, non sono venuta per questo. La infilo in borsa e cerco i disegni.

Le cartelle sono al centro del tavolo, accanto ai barattoli e alle prove di colore sui mattoni di scarto. Uno di questi si è spostato fino al bordo del ripiano e si tiene in bilico, mezzo dentro e mezzo fuori. Lo riporto al sicuro con gli altri e resta la sua scia pulita tra polvere e polvere. I disegni sono in buono stato sui fogli ondulati dall'umidità, potrò usarli ancora. Solo in qualche punto l'inchiostro è leggermente sbavato. Sto per uscire, con le cartelle sotto il braccio, ma poi cedo alla tentazione di riprendermi la vecchia salopette a macchie variopinte che usavo qui. La sgancio dal suo chiodo appesantita dai granuli dell'intonaco scoppiato.

Fuori è una giornata così tersa che fa male. Dal versante dirimpettaio del Sirente viene il vento e si infila dentro i vicoli orientati nella sua direzione, come dita nel guanto. Porta odori di neve, di resine addensate sui tronchi. Devo ripararmi gli occhi per guardare la casa di fronte, ingessata dalle fasce azzurre di contenimento. Dal balcone rimasto aperto al primo piano esce pigra la tenda bianco sporco, fa il suo giro di danza e rientra, poi di nuovo, secondo i capricci dell'aria che la muove. Da lí profumavano le tisane della signora Leda, di pomeriggio. Era simpatica e afflitta dall'artrosi, un po' pettegola. Se le gambe lo consentivano, scendeva la rampa di scale e attraversava con la tazza piena e tremante sul piattino, altrimenti chiamava dalla finestra per invitarmi di sopra. Salivo nella cucina calda e vaporosa, a lei piaceva elencarmi i nomi dei miscugli che usava per le bevande, sempre diverse: fuoco nel camino, giardino d'inverno, bosco incantato. Quando non avevo voglia di ascoltarla prendevo a pretesto una fase di lavorazione delicata e non andavo. Le ho dipinto una teiera con i frutti e i fiori ingredienti degli infusi, le iniziali L B sopra i mirtilli. Si sarà rotta anche quella.

Non la penso quasi mai, Leda.

Ma adesso strappo le erbe infestanti cresciute alte e indisturbate davanti alla sua porta, negli interstizi tra i sampietrini. Hanno già ceduto i semi, l'inverno le ha ridotte secche e feroci, mi resistono e segnano il palmo. Intenta a estirparle, avverto troppo tardi il motore che arriva là in fondo, su via Cascina. Non ho il tempo di nascondermi, copro le orecchie con le mani e aspetto. È solo un attimo, il mezzo corazzato dell'esercito passa veloce e i due militari in divisa mimetica parlano e ridono, li intravedo nell'abitacolo, non guardano nella mia traversa.

Quello che resta vibra e rabbrividisce, poi il rumore si smorza in lontananza e sul quartiere torna a distendersi una quiete mortale. Di ritorno verso il parcheggio, m'invento un giro lungo e contorto, alla larga da via del Drago. Scelgo per uscire dalla Zona Rossa un varco che dicono sicuro, dove le pattuglie non passano mai. Il vetro della mia auto ferma in attesa riflette le spalle sporche di tutti i muri che ho rasentato.

4.

In principio eravamo due oscuri grumi di cellule, ancora immaginati uno dai nostri genitori. Siamo cresciute, immerse nell'oceano dolce della madre, che piano piano si riduceva intorno a noi. Un giorno dei nove mesi, con un movimento ampio e calmo di piccolo corpo che si girava nel sonno, il feto Olivia si è posizionato davanti, proprio sotto la superficie tonica del ventre. Da lí penetrava un sospetto di luce solare e, indistinto, ovattato, il suono del mondo. In quella zona era ancora possibile espandersi, aumentando il raggio della sfera incompleta, la tensione della pelle materna. L'ha fatto Olivia. Sono rimasta incastrata dietro, nel mio sacco, tra lei e i duri anelli d'osso della colonna vertebrale adulta. Ho finito il tempo alle strette, al buio, nel silenzio. Mia sorella intercettava e tratteneva per sé onde e influssi esterni. Le carezze circolari delle mani a coppa erano tutte per lei, tutta sua la prominenza esposta agli sguardi. Solo dal cordone ombelicale potevo approvvigionarmi, dal sangue.

Cosí fantasticavo sulle nostre vite intrauterine, verso gli otto anni. Ero certa di aver patito uno svantaggio primario che giustificava ogni mia debolezza. In famiglia volevo sempre riascoltare il racconto della nostra nascita, gli etti e i centimetri in piú toccati a Olivia, la sua folta capigliatura a forma di elmetto e le poppate supplementari che conquistava a suon di vagiti insopportabili. Soddisfatta la mia poca fame, tornavo in culla e lei veniva riattaccata al seno per quella porzione di latte ulteriore che ho poi creduto piú denso, piú concentrato, anche piú giallo. Da bambine indossavamo vestiti uguali di taglia diversa, sempre una in meno per me. Spesso ci chiamavano Olivia e la gemella o, peggio ancora, Olivia e l'altra.

– Il tuo nome è da regina e mette un po' in soggezione, per questo non lo dicono, – mi consolava nostra madre quando le chiedevo il motivo.

In quinta elementare vedevo un ragazzaccio del paese indicarmi alla sua combriccola mentre passavo, diceva qualcosa sottovoce e tutti scoppiavano a ridere. Frequentavano già la scuola media, loro. Mia sorella li osservava, torva e muta. Un pomeriggio scendevamo indolenti dall'oratorio e lui era seduto su un muro di cinta, lungo la nostra strada. Ci studiava già da lontano, Olivia mi precedeva di qualche passo, nell'insolita afa di giugno. Non le ha detto niente, ma quando sono arrivata io all'altezza delle sue gambe dondolanti ha canticchiato per tre volte ecco la brutta copia, allungando un piede fino a toccarmi. Lei è venuta indietro e lo ha squadrato dal basso, prima di strattonare l'orlo del pantalone e sbatterlo a terra. Impietrita, con la testa tra le mani, l'ho ammirata colpire da maschio, senza graffi né tirate di capelli. Lo pestava di pugni e ne prendeva pochi in cambio, favorita dall'effetto sorpresa. Infine si è alzata lasciandolo a sbavare nella polvere e gli ha assestato un ultimo calcio al sedere. Ha provveduto lei a raccogliere i libretti del catechismo scompigliati sulle pietre, i suoi e i miei, non so come mi erano caduti. Mentre ci incamminavamo verso casa, mi ha sfiorato una guancia con una carezza sporca di bullo. Erano le scuse per la violenza usata in mia difesa, la promessa di proteggermi a vita, anche dalla sua superiorità.

Piú tardi nostra madre ha finto un po' di rimproverarla, ha detto che certe cose andavano riferite a lei o a papà e non regolate a botte.

– Non siete mica figlie di nessuno, – ha concluso. La medicava con delicatezza e disinfettante che non brucia, assicurandosi di tanto in tanto che io ci fossi ancora, dietro le sue spalle, pronta a porgere le garze pulite. Come sempre, era piú preoccupata per me che per Olivia e le tumefazioni che le lievitavano sulla faccia.

Il giorno dopo a scuola erano previste le foto di gruppo, ma anche dei singoli alunni che le richiedevano. Il fotografo ha avuto un attimo di esitazione quando Olivia si è seduta disinvolta al banco davanti alla scritta W LA 5ª B sulla lavagna.

– Anche tu ne vuoi una da sola? – ha chiesto con un cenno al panorama dei lividi.

– Una da sola e una con mia sorella, – ha risposto lei aggiustandosi i capelli. Prima di mettersi in posa con la penna in mano nell'atto di scrivere, ha tirato fuori dalla tasca del grembiule un paio di occhiali scuri presi chissà dove e li ha indossati sull'occhio pesto e sul sorriso ammaccato. Nell'obiettivo una diva di dieci anni, eroica e spavalda.

L'episodio della scazzottata si è poi rivelato, a guardarlo da lontano, lo specchio fedele della relazione impari tra noi gemelle. Dalla sua cornice non siamo mai uscite, stregate dalla paura di perderci. E il ritratto di quinta elementare del viso da combattimento ha scalato negli anni le posizioni del mio album interiore, superando per importanza le altre immagini che hanno fermato istanti delle nostre vite.

Piú tardi, quando i volti si sono definiti, alcuni trascurabili dettagli ci hanno rese l'una solare e accattivante e me piú ordinaria. È stato sufficiente qualche millimetro di differenza nella distanza tra gli occhi, una sfumatura piú calda dell'incarnato, sulla bocca una leggera accentuazione dell'arco di Cupido. Lo provo ogni giorno mentre dipingo, che basta poco.

Al liceo eravamo in classi separate ma vicine, a metà mattina la sua presenza superava la parete e la sentivo diffondere nella mia aula, invisibile agli altri. Cosí adesso, quando lavoro, a metà mattina diffonde la sua assenza. Decido una pausa, tanto la forza defluisce dalle mani verso i polsi, le braccia, il cuore. Mi avvicino alla grande finestra che dà sulla campagna. Passando accarezzo il tavolo rotondo in mogano che tenevo nel mio salotto. Olivia e io l'avevamo preso anni fa a una fiera dell'antiquariato, è inglese dell'Ottocento, un vero affare, ci aveva garantito il venditore. L'ho ripulito dal terremoto e l'ho messo qui, per adesso, fermo sulle sue ruotine di ottone. Non so se prima o poi ricostruirò una casa intorno a questo legno cosí piacevole da toccare sopra le impronte cancellate degli altri che l'hanno posseduto.

C'è sempre molta luce da fuori, anche in questi brevi giorni d'inverno. Spesso riesco a dipingere al chiaro del sole che entra dai vetri, senza accendere nulla. E non ho mai freddo, la vecchia stufa di ghisa scalda tutto l'ambiente, il proprietario aveva ragione. In cambio di poco affitto mi ha lasciato il piano terra della villa, quintali di legna da ardere, un tavolaccio addossato al muro esterno per poter lavorare all'aperto nelle belle stagioni. Deve essere un'eredità di famiglia, qui, ma non ne so niente, chiederò alla postina. Lui vive a Bologna e torna una volta al mese, di sabato e domenica, si ferma due settimane a Natale e tutto agosto. Dentro di me lo chiamo il professore, so che insegna all'università. All'ultima visita prima delle feste si compra uno scatolone di oggetti miei da regalare, sembra sincero, o forse vuole solo aiutarmi.

A Olivia piacerebbe il posto, strano che ci sia sfuggito nei nostri interminabili giri in macchina. Ora siederebbe con le spalle alla finestra, a guardarmi intenta al disegno. Quando ci penso, il colore impazzisce. Si addensa e rifiuta di scorrere, tutto chiuso in se stesso, oppure, al contrario, viene troppo liquido e cola sopra lo smalto asciugato. Il pennello inciampa nelle microscopiche asperità del biscotto.

Sono naufraga su un'isola dove non è successo niente, nessuna faglia passa da queste parti, e poi la villa era ristrutturata già da tempo. Ma sulla collina di fronte si può ammirare un borgo distrutto dal capriccio della scossa, e in direzione opposta, giú in fondo, quella macchia indistinta è L'Aquila. Potrebbe ancora essere la città leggendaria delle novantanove chiese e delle novantanove fontane, vista da qui. Potrei darmi appuntamento con qualcuno alla Fontana Luminosa, stasera, e dopo un film al Rex tirare tardi in una birreria del centro. Alle sette di domattina mi svegliavano le campane di San Pietro e andavo al lavoro a piedi tagliando per i soliti vicoli.

5.

Marco è venuto in un pomeriggio di pioggia battente.
L'abbiamo accolto al parcheggio sotto la nostra piastra,
tra gli isolatori sismici. Ha accettato i quattro bacetti sulle
guance e scaricato i borsoni sulla gettata di calcestruzzo
allontanandosi poi di alcuni metri. Roberto, l'ex marito di
mia sorella, è sceso dall'auto con una lentezza da vecchio
e dopo un saluto a occhi bassi voleva subito riprovarci con
la questione dell'assegno di mantenimento, quasi fosse re-
versibile dalla moglie morta a noi. Ho ribadito il rifiuto,
piú volte detto al telefono. In caso mettili in banca a tuo
figlio, gli ha concesso mia madre, fredda come mai. Gli
ho parlato brevemente della nuova scuola di Marco, dei
libri trovati senza difficoltà, per fortuna eravamo solo in
ottobre, quello dopo il terremoto.

Il ragazzo non badava alla nostra stentata conversazione, si era subito messo le cuffie collegate a non so cosa.
Potevamo sentire gracchiare la poca musica che gli scappa-
va nel silenzio già materializzato tra noi adulti. Andava e
veniva tirando calci a un pallone immaginario, ogni tanto
le scarpe slacciate fischiavano nell'attrito con il cemento.

A Roma con il padre aveva resistito poco piú di sei
mesi, la primavera rimasta dopo la scossa e l'estate opaca, barricato in un mutismo impenetrabile. La nonna e

io l'avevamo visto e sentito parecchie volte in quel primo
periodo di lutto, ma non era molto piú loquace con noi.
Al contrario mio cognato chiamava spesso per lamentarsi
delle imprese di Marco. Quando voleva essere compianto,
e non ci riusciva, diceva in tono patetico *tuo nipote*. Mio
nipote aveva tagliato le gomme dell'auto alla sua giovane violinista, la stessa per cui si era separato da Olivia.

– Guarda che delicatezza, – recitava Roberto senza pudore, – si è trasferita in un altro quartiere prima dell'arrivo
di Marco, per lasciarci soli –. La conversazione era interca-
lata da pause penose, nell'inutile attesa delle mie risposte.

– Lei viene ogni tanto e cucina per noi qualcosa di speciale, ma questo neanche si siede a tavola… – riprendeva
la lagna accorata. Marco preferiva mangiare cracker, piuttosto, o aria. Durante una di quelle visite era sceso e aveva
provveduto all'operazione pneumatici squartati.

– Con un coltello da cucina, pensa, – ancora si stupi-
va Roberto.

E lí avevo tradito tutta la mia simpatia per il giovane
sabotatore: – Perché, secondo te cosa doveva usare, un
bisturi?

Quando i miei sporadici commenti deludevano le aspet-
tative, il racconto si arricchiva di episodi piú eclatanti, cercando di suscitare una minima indignazione.

– Deve aver letto i nostri messaggi… Le ha risposto frasi sconce dal mio cellulare, a questo punto siamo arrivati.
Ha anche il coraggio di negare l'evidenza, dice che non è
stato lui. Anzi, non dice niente, fa solo cenni con la testa.

Marco continuava inflessibile a non parlare al suo unico genitore. Intanto era stato promosso dalla seconda alla
terza media *in considerazione del trauma* sofferto.

L'ultima volta che io e la nonna l'avevamo sentito, sembrava interessato alla novità del nostro trasferimento in

uno degli alloggi del Progetto C.A.S.E., a Coppito tre. La
sera stessa, alla sprovvista, si era rivolto al padre solo per
comunicargli che veniva a stare da noi, se potevamo dargli
una camera. Roberto si era preso pochi giorni di tempo per
convincersi che si trattava della soluzione migliore. Continuava a ripeterlo ossessivamente nelle frequenti telefonate
di quella settimana. Per lui e per tutti, per lui e per tutti,
mormorava febbrile senza trovare il fegato di dire per me,
che sarebbe stata una fastidiosa verità.

Mentre eravamo sempre lí, nel parcheggio, si è levato il
vento e inclinava la pioggia fino ai cofani delle auto parcheg-
giate nella fila esterna. Un tizio del primo piano è rientrato
con l'utilitaria tracciando scie bagnate per diversi metri. Cominciava a far freddo sotto la piastra e stavamo zitti forse
da due minuti reali, moltiplicati dal senso forte di disagio.
Gli sguardi di tutti e tre si sono concentrati su Marco, in
movimento continuo, vestito troppo leggero per un clima
cosí esigente. Roberto si è aggrappato a quel dettaglio in un
estremo tentativo di raggiungere il figlio prima di lasciarlo.

– Non ti puoi coprire con una felpa? – gli ha chiesto a
voce alta ma già arresa e l'altro è rimasto fermo un attimo,
fissandolo di traverso con una smorfia di leggero disgusto
sulla bocca chiusa. Poi ha allontanato ancora di qualche
metro i suoi bagagli dalla macchina che lo aveva portato,
come a facilitare una partenza fin troppo tardiva. Ha ripreso a gironzolare con la maglietta dei Nirvana nell'aria
umida e densa.

Mi sono stretta nelle braccia percorse da brividi, allora
Roberto ha capito.

– Si fa tardi, ho un concerto a Roma stasera, – ha sus-
surrato. Sembrava molto debole. Non c'era nessun motivo per invitarlo.

Per non salutare il padre, Marco ha finto un'improvvisa attenzione a un cane che trotterellava di qua e di là in cerca della carrozzeria giusta per la sua pipí. Mia madre e io l'abbiamo visto andarsene, il musicista ingobbito dentro il suo abitacolo vuoto. Il ragazzo si è riavvicinato quando il motore si è perso in direzione della statale. Poi siamo saliti in fila indiana con le borse, lui pestava con forza i gradini. Gli ho aperto la porta ed è entrato nell'appartamento come in apnea, dopo una manciata di secondi è anche arrossito. Mi sono diretta d'istinto verso il balcone e lui, intuita la via di scampo, l'ha presa. Ma fuori colava implacabile l'acqua dal piano superiore, dal terrazzino con il pavimento di assi separate da spazi, cosí li hanno fatti. È rimasto un po' lí a respirare e bagnarsi, le gocce gli cadevano dalla punta del naso e dalle estremità dei riccioli allungati e stirati dal peso della pioggia. La nonna non poteva resistere a lungo, lo ha soccorso con un asciugamano.

– Vieni dentro a cambiarti, – lo ha pregato, – o ti verrà un malanno.

Mentre preparavo la cioccolata sul fornello, mia madre ha servito in tavola una torta di mele ancora tiepida. Quando l'ha tagliata sprigionava burro non del tutto rappreso, cannella, limone e grani di zucchero in superficie. Marco ha sbocconcellato a fatica una mezza fetta di dolce e bevuto pochi sorsi caldi e rumorosi. Gli hanno impresso gli stessi baffi alla Dalí delle tazze di latte e cacao consumate a migliaia da bambino. È rimasto seduto nella sua desolazione, abbandonato alle nostre cure impotenti.

Dopo gli ho aperto la camera tirata a lucido, con le tende a sfumare dall'arancione al giallo e il copriletto in tono. Ci si è buttato sopra e ha dormito all'istante, come svenuto. A ora di cena la nonna si è tormentata nel dubbio tra svegliarlo o no. Sono riuscita a convincerla della scarsa pericolosità di un pasto in meno, gli ho sfilato le scarpe fetenti e l'ho coperto per la notte.

Al mattino una nuova, intensa fioritura di brufoli occupava il viso apatico.

6.

D'inverno, quando arrivano a ritirare la spazzatura sotto le C.A.S.E., è l'ora piú scura e gelida prima dell'alba. Sono sveglia già da tempo, il respiro di mia madre nell'altro letto è diventato impercettibile alle orecchie abituate. In un appartamento vicino o forse al piano di sopra la tosse si accanisce su un petto, ostinata e snervante, tace per una breve tregua e poi riprende. Da una lontananza imprecisa abbaia sempre lo stesso cane, tre note cupe di gola, ripetute ogni pochi secondi, mi evocano una sorta di angoscia addominale che rimette in moto il transito delle feci nell'intestino. Uguale è l'effetto del vento, mentre sforza i vetri e quasi li gonfia dentro le stanze spente.

Al termine della notte aspetto gli operatori ecologici. Riconosco il rumore giú alla svolta della statale, dalla riduzione delle marce. Immagino i due uomini dietro i finestrini appannati dal loro fiato, li seguo quando accostano ai cassonetti e scendono per caricare, poi qualche passo sull'asfalto e tornano a bordo, le portiere si richiudono una dopo l'altra. L'autista afferra il volante con i guanti antinfortunistici e innesta la retromarcia lagnosa, prima, seconda e via, il motore si perde nel buio ancora completo. Se ne vanno, ignari della breve intimità tra loro e me. A ogni fermata l'insulto del freddo gli ricorda di essere vivi.

A volte riesco a sentire Marco addormentato nella stanza a fianco, che si muove e parla lingue sconosciute con voce piú bassa di quella diurna. Se trovo la forza vado a rimboccargli le coperte strascinate nei sogni, mentre non lo sa gli sfioro i capelli e la fronte corrugata da misteriose avventure. Questa mattina si lamentava verso le cinque, anche la nonna se n'è accorta.

Resta a letto, le ho mormorato, e mi sono alzata a luce spenta. Nel disimpegno tra le due camere ho inciampato in qualcosa di morbido e sono finita lunga per terra, battendo la testa contro lo stipite della porta. Prima di rialzarmi ho capito quello che era successo dal tanfo delle scarpe di Marco, glielo ripeto ogni giorno di non lasciarle in mezzo. Poi le ho spostate a calci di pantofole, tra la costernazione di mia madre. Lui continuava a dormire beato, non gemeva neanche piú.

Lí per lí il dolore al medio destro, distorto nella caduta, era lieve e sono tornata sotto la trapunta, se non altro per scaldarmi. Alle sette ho deciso di portare il dito ormai salsicciotto pulsante al Pronto Soccorso, dove mi hanno assegnato un codice bianco. L'infermiera ha sorriso al vistoso bernoccolo in fronte di cui mi ero dimenticata.

Dopo ore di attesa per una diagnosi di nessuna frattura, cominciano ad armeggiare con garze e stecche. Prego il tecnico di lasciarmi liberi pollice e indice, se possibile.

– A cosa le servono? – vuole sapere mentre li imprigiona alla base. Gli parlo evasiva di consegne urgenti, ceramiche da decorare.

– Ah, mia madre adora le ceramiche, ma 'sto dito come…? – chiede piú curioso.

– Ho inciampato nelle scarpe di mio nipote, al buio, – rispondo calma e lui ride e scuote la testa. – Non riuscirà a dipingere, – aggiunge crudele.

Esco dalla porta a vetri e guarda che faccia tosta quello

là, seduto in fondo alla sala d'aspetto con tutti i suoi capelli, gli arti troppo lunghi piegati a squadra che non sa dove mettere, lo zaino buttato con negligenza sotto la poltroncina di plastica azzurra. Tiene gli occhi coperti dalla frangia elettrizzata, finge o non mi ha visto davvero. Gli passo davanti e tiro dritto, oltretutto indossa proprio *quelle* scarpe. Cammino lungo il corridoio e svolto verso l'uscita. Mi assale improvviso il dubbio che non sia venuto per me, che si senta male lui, d'altra parte a quest'ora dovrebbe essere a scuola. Torno indietro di corsa, giro l'angolo e ci scontriamo, quasi lo acceco con l'impalcatura del medio. Gli sfugge un grido soffocato.

Lo investo subito ma a brutto muso con una raffica di domande.

– Cosa ci fai qui e non a lezione, chi ti ci ha portato? Si può sapere quando diventi un po' piú attento alle tue cose? Hai visto che casino?

La gente passa e guarda, di sicuro ci crede madre e figlio. Aspetto il contrattacco e invece lui si volta di tre quarti e tace, so che quando fa cosí nasconde le lacrime. Mi guardo il dito solo steccato e vorrei amputarmelo dalla vergogna, insieme alla lingua, vorrei portarli come fiori recisi a seccare sulla tomba di mia sorella. Provo a chiamare piano Marco, la voce si frantuma. Gli tocco un braccio e non lo sposta, non mi arriva allo stomaco la gomitata che merito. Chiedo scusa, gli dico che me la sono cercata con questo vizio maledetto di aggirarmi per casa al buio, comunque non ho niente di rotto, solo una leggera distorsione, e lui non deve preoccuparsi. Stringo un po' con la mano e sento quanto è esile e duro oltre l'imbottitura di piume.

Restiamo fermi qualche altro minuto, poi ci muoviamo per un tacito accordo.

– Come fai a guidare? – domanda, e io non ci ho pensato. – Ti aiuto a reggere il volante, – si offre, – cosí cambi le marce con la sinistra.

È abile, sarà per tutti quei videogiochi, scegliamo una strada piú lunga e con lo scorrere dei chilometri allento la presa, gli lascio quasi intero il controllo della direzione. Di colpo ride, si dà una botta al ginocchio.

– Starai sempre con il medio alzato, – osserva, – si noterà anche di piú per via delle stecche –. Una alla volta risponde a tutte le domande di prima.

– A scuola c'era assemblea nelle ultime ore, la nonna mi aveva firmato un permesso per uscire e sono venuto a vedere come stavi, con il sette barrato. Al Pronto Soccorso l'infermiera con i baffi mi ha detto che ti dovevano ancora medicare. Intanto ho sentito nonna, stamattina stava un po' in pensiero per te.

Un'allegria insolita ci prende mentre guidiamo, mi sembra persino di avere fame. Marco evita con una sterzata brusca un'auto che aziona la freccia a destra e invece gira a sinistra. Pronuncia insulti irripetibili, già da esperto automobilista. Poi, mentre ci avviciniamo a Coppito tre, le nostre risatine si fanno quasi stridule, forzate, le voci si distorcono come il mio dito, suonano false nel tentativo di reggere un tono che non sentiamo piú. Stiamo cercando di prolungare un momento di grazia, forse per portarne un pezzetto a casa, da condividere con la nonna. Quando Marco tira il freno a mano è tutto finito, siamo tornati a noi stessi.

Sopra aggiorno mia madre, il pranzo è già pronto. Attraverso i due tenui fumi che si alzano ondulati dai rispettivi piatti, leggo negli occhi di lui la mia stessa preoccupazione per quella che ci sembra una montagna di tagliatelle fatte in casa. Sembrano un po' piú scure e spesse del solito, anche piú ruvide.

– Sono di farro? – azzardo. Sono di farro, strano, non usiamo mai questa farina. L'acciaio stride contro la porcellana mentre provo ad arrotolare con la sinistra una forchettata di quello che una volta era uno dei miei piatti preferiti. Nessuno qui dentro ha mai veramente voglia di cibo, mia madre per prima. Si nutre per darci l'esempio.

7

Seduta sul pullman per Roma ascolto distrattamente la vicina di posto che parla al telefono con il suo ragazzo. Manipola la conversazione da femmina esperta, la interrompe al momento opportuno, lui richiama e lei alza il prezzo. Appoggio la tempia al vetro freddo dove la pioggia disegna al buio gocce sottili e oblique. Passiamo veloci sui viadotti, tra meno di un'ora saremo arrivati. Ho solo una tracolla capiente con me, ci infilo la mano sinistra e mi rassicuro al tatto della scatoletta con le compresse e della bottiglia piena dentro il sacchetto di plastica. Questa volta ho prenotato un albergo diverso dagli anni scorsi, a leggere il sito ha vari livelli e centinaia di stanze, metterò alla porta il cartello non disturbare e nessuno noterà che non esco mai dalla camera. Dalle nostre parti non si può, una signora di mezza età verrebbe a bussare con nocche gentili nella penombra del corridoio, chiederebbe si sente bene, le porto qualcosa.

A mia madre ho detto che vado a Roma da un'amica e rientro dopodomani per pranzo. Non le sarà certo sfuggita la coincidenza con la data e la stessa fuga delle altre due volte, ha risposto vai pure, solo mi ha accompagnato al pianerottolo e guardato scendere le scale come si guarda uno che parte per un lungo viaggio incerto del ritorno. Le ho chiesto di salutarmi Marco e mi sono imposta una specie di sorriso, prima di sparire alla sua vista.

La ragazza qui a fianco comunica allo stesso interlocutore che arriveremo alle diciannove e quindici, mica le sette e un quarto, si facesse trovare puntuale ad aiutarla con la valigia, troppo pesante per lei. Si raccomanda, mancano solo venti minuti. È vero, lo dice anche il display luminoso del pullman.

Domani è il nostro compleanno. È il terzo, dopo. Non potevo rimanere a casa, non sarei stata utile. Domani non ho niente per chi ha perso la madre e per chi ha perso la figlia, io non porto consolazione, la mia presenza direbbe solo che manca proprio quella giusta.

Oggi a quest'ora avevamo già ridotto a due i ripiani del frigorifero, per fare spazio alle torte uguali che lo occupavano tutto, una sopra e una sotto. Per la farcitura nostra madre si era procurata latte fresco di mucca e uova ruspanti, dalle contadine che venivano a vendere in piazza. Una vecchia zia vedova ci conservava il cibo quotidiano che aveva perso il posto, in cambio le avremmo portato una generosa porzione di dolce. Non so se davvero era una nostra parente o se la chiamavamo zia cosí, secondo l'usanza. Olivia aspettava il momento di rimanere sola con me e il frigo, per servirsi qualche ditata di crema moka che prelevava dalla parete laterale del pandispagna, lí si sarebbe notato di meno. Con un cenno della testa mi proponeva di imitarla, e se avevo paura di essere scoperta ci pensava lei a cacciarmi in bocca il suo indice sporco di buono. Livellava poi, sempre a mano, la superficie chiara, come un muratore corregge un difetto dell'intonaco. Per sicurezza ruotava piano la torta in modo che la zona ritoccata risultasse posteriore e quindi non piú visibile, per il momento.

È durato a lungo, anche quando ognuna di noi abitava ormai a L'Aquila per conto proprio, cercavamo di tornare in paese almeno con un giorno di anticipo, a dormire insieme la vigilia. Ci portavamo nella nostra camera di bambine cresciute il moscato che papà ci faceva trovare già freddo e il tappo saltava alle oo.oo precise, ora d'inizio dei festeggiamenti. Dopo un primo brindisi in piedi, la bottiglia passava da un letto all'altro gocciolando sul comodino. Rischiavamo di strozzarci tra risate e bollicine, non bevevamo mai cosí.

La consuetudine si è interrotta con la nascita di Marco, Olivia non veniva piú. Magari la raggiungevo a casa sua per gli auguri, ma l'attenzione di entrambe era tutta sul bimbo dalla chioma a boccoli. Quando poi si sono trasferiti a Roma con Roberto che suonava in un nuovo quintetto, della nostra festa è rimasta solo una telefonata. Dovevamo aspettare che tornassero, un fine settimana, allora ci si ritrovava tutti per il pranzo in famiglia, molto piú ricco del solito, come a compensare l'atmosfera strisciante di ricorrenza scaduta. La torta diventata una segnalava dolcemente che i nostri genitori, ormai nonni, avevano infine accettato il passaggio delle figlie all'età adulta.

L'uomo alla reception mi registra senza neanche uno sguardo e sono contenta di non doverlo ricambiare. Salgo nella stanza.

La notte trascorre, in qualche modo. Le tende pesanti odorano di polvere e fumo stagionato quando le tiro al massimo per escludere il sole dell'alba, un coltello doloroso nelle pupille ancora dilatate. Siedo sul letto sfatto, verso il comodino. Alla luce stretta della lampada preparo il bicchiere di cognac versato dalla bottiglia che mi sono portata dietro da sola, le dieci compresse di Tavor in fila sul ripiano di legno finto. Avverto l'amaro della prima sulla lingua, il sorso di liquore brucia la mucosa da tanto astemia, ne butto giú un'altra, sorso di cognac e un'altra un'altra un'altra, sempre seguita dal sorso che non vuota mai il bicchiere infinitamente capace. O forse l'ho riempito una o due volte. Sento tutti i centimetri di lunghezza dell'esofago incendiato, la rivolta nello stomaco digiuno. Resisto. Reprimo i conati con una fredda sequenza di deglutizioni. Schiaccio l'interruttore e mi avvolgo nelle coperte, di nuovo gemella dormo in questo grande utero scuro la mia morte provvisoria.

Il risveglio cade in un'ora imprecisa della sera. Non so dove vomito. Dopo sprofondo in una seconda filata di ore, piú breve. Alla fine accendo l'abat-jour e vomito ancora un po' di acido cloridrico sul pavimento tra il letto e il tappeto. La testa è un alveare impazzito e pulsante, ricomincia piano a percepire il corpo, la debolezza. Bevo acqua dal rubinetto del lavabo, in bagno. Evito con cura lo specchio e resto a lungo sotto la doccia, attenta alle garze della mano infortunata. Poi asciugo una pelle estranea e sorda, un deserto di cellule dove il sangue tarda ad affluire, i nervi stentano a riattivarsi. Durante il giorno del sonno, l'organismo si è ridotto a un grumo battente centrale, un piccolo nucleo di vita condensata, e da lí riparte adesso l'onda del calore conservato, verso la superficie pallida e spenta. I tessuti si dispongono a ricevere nutrimento, i cicli riprendono. Non mi oppongo.

Apro le tende. Il tempo che ho voluto perdere è già ieri. In uno ieri piú vecchio ho aiutato mia madre a lavarla, vestirla. All'inizio c'era qualcun altro con noi nello stanzone gelido, una figura indistinta sullo sfondo, sul bianco della parete, di sicuro una donna, non so chi. Poi deve essere uscita, ci ha lasciate sole quando ha capito che avevamo trovato la forza, sul momento, per quello che andava fatto. Non avremmo permesso a nessuno di occuparsi del nudo di Olivia, dei suoi orifizi indifesi, del torace schiacciato. Lei ci contrastava passiva, con una rigidità minerale. Una polvere a grana grossa le copriva soprattutto le mani e il viso intatto, come una cipria pesante per un carnevale atroce. I capelli non si potevano lavare, li abbiamo solo scossi per liberarli di quello sporco secco e friabile. Alla fine era bella, l'abbiamo guardata e baciata, io uno sulla fronte e sua madre tanti, ai piedi, alle mani, alle guance e alla testa, accarezzandola. Solo allora l'ha bagnata di lacrime, non prima, mentre la preparava. Le ha parlato, a lungo, con parole che non ricordo.

Olivia era pronta all'incontro con Marco. Anche di quello non ricordo niente, o devo essermi allontanata.

All'ultimo minuto le ho tagliato una ciocca, dalla nuca, altrimenti non me lo avrebbe perdonato, e l'ho presa per me. L'ho conservata in una scatolina di carta fiorita, ogni tanto la apro per vedere se almeno questo ricciolo può restare uguale nel tempo che lo separa da lei. Per adesso l'unico cambiamento percettibile è che i capelli appaiono un po' piú aridi, opachi, a passarli tra pollice e indice si sente subito la differenza. Non sono attaccati alla vita.

Esco, in questa luce di ferro del primo mattino. Butto nel cassonetto il liquore rimasto, annuisco al barista che dopo uno sguardo valutativo propone un caffè forte. Lo serve in una di quelle tazzine spesse che avevo preso anche per casa mia, il terremoto le ha rotte quasi tutte. Ci accompagna tre pasticcini e li mangio diligente. Pago e lo saluto con la mano, sulla porta realizzo che non ho pronunciato neanche una sillaba. Cammino verso la stazione Tiburtina.

Mi ferma una bancarella in allestimento sul marciapiede, negli scatoloni vecchi fumetti. L'uomo ha aperto un pacco di *Dylan Dog* e li dispone in prima fila. D'impulso telefono a Marco, a quest'ora starà bevendo il latte. Alla mia domanda elenca stupito i numeri arretrati che gli mancano e la nonna sta bene, sí, chiudiamo in fretta, è già un po' tardi per lui. Ne trovo tre, che fortuna, e in borsa pesano meno del cognac. Devo sbrigarmi, adesso, le gambe superano la prova.

Il pullman del ritorno è semivuoto, siedo parecchio dietro, accanto al finestrino, ma la posizione non mi salva dalla conoscente che sale e decide di accomodarsi a fianco. Attacca discorso, chiede del dito immobilizzato e racconta di quando è venuta nella capitale e a fare cosa e come. Dopo una breve pausa vuole sapere lo stesso di me. Non rispondo subito, guardo fuori l'agro romano che corre, poi chiedo permesso, devo spostarmi piú avanti, il solito mal d'auto. Certo certo, e non ha il coraggio di seguirmi.

L'autista decelera per uscire a L'Aquila ovest, intorno al casello ristagna una foschia leggera, di stagione sterile. La città non offre panorami a chi rientra, ci riprende e basta, mi annoda la gola con questa accoglienza di crepe incrociate sul fronte dei palazzi, piani intermedi ridotti di numero, pilastri avvitati intorno al loro asse. Torno volontaria nel luogo assassino di mia sorella.

8.

Marco rientra sgraziato, butta lo zaino dietro la porta e va in bagno, strusciando le gambe dei jeans una contro l'altra. È rimasto a pranzo e a studiare da un amico, l'aveva detto alla nonna. Quando torna in soggiorno, sbatte con il gomito contro la mia borsa appoggiata su un mobile e la fa cadere. La raccoglie e la rimette dov'era, prendendola come fosse un verme. Ogni volta che supera con le braccia, i piedi o uno spigolo del corpo la bolla immaginaria in cui lo tengo inscritto, combina un guaio. Non è abituato alla sua altezza, raggiunta in cosí breve tempo, deve ancora capire le misure per non urtare il mondo. Gli porgo i fumetti comprati a Roma, li afferra nervoso e li appoggia da una parte, senza nemmeno guardarli. Strano, quando stamattina gli ho chiesto al telefono i numeri mancanti sembrava contento. Ma cosa potevo aspettarmi, dopo ieri. L'ho lasciato di nuovo, in questo compleanno.

Eccolo, a tavola di fronte, come al solito. Mia madre ha cenato prima ed è uscita per una messa in suffragio delle vittime del sisma. Non prova neanche a chiederci di partecipare. Eccomi, seduta davanti a lui, agli sguardi distolti, la testa bassa sul piatto colorato. Mi getta una voce, dalla sua lontananza.

– Perché il terremoto ha distrutto alcuni quartieri e altri li ha lasciati quasi intatti?

– Che vuoi dire? – prendo tempo, spaventata dalla domanda diretta. Non aveva mai accennato a questo argomento.

– Voglio dire che in via XX Settembre sono crollati i palazzi e sono morti tutti quegli studenti. Anche altra gente, il dentista di mamma. In via Strinella, che è la continuazione, ci sono stati solo pochi danni. Ci abita Rash, il mio compagno di classe.

– Dipende da come si è costruito, dai materiali usati. Mettevano cemento armato scadente, con pochi ferri, lisci e sottili. Non li possono nemmeno processare perché li ha uccisi la vecchiaia, loro. E poi i geologi hanno analizzato anche il suolo, in via XX Settembre sotto gli edifici c'è terreno di riporto, il meno adatto, – spiego asciugando con il tovagliolo il sudore che in un attimo mi ha inumidito le mani.

– Che significa?

– Che era terra portata lí in passato da zone vicine dove si scavava per le fondazioni dei fabbricati, figurati se può sostenere un condominio di cinque o sei piani durante un terremoto.

– E nel centro storico? – incalza.

– Molte case non hanno retto. Le ristrutturazioni precedenti non erano antisismiche, – continuo guardando la carne avanzata che si raffredda e indurisce nel mio piatto.

– Perché è crollata la *mia*? – Sale il tono e qualche goccia di saliva mi punge il viso.

– Non lo so. Tua madre e io ci fidavamo di un ingegnere esperto, è venuto per un sopralluogo dopo le prime scosse, sia da voi che da me. Anche al paese, dalla nonna. Ci ha garantito che eravamo al sicuro –. Mi muovo sulla sedia, a disagio.

– Chi è quel bastardo? – strilla e la voce, da poco adulta, gli scivola in un falsetto ridicolo.

– Calmati. Non ha importanza, ormai, non saprei nemmeno dove cercarlo... – rispondo al di sotto della rabbia che sputa.

– Ah, non ha importanza! Anche da Rash avevano controllato e dicevano che non c'era pericolo, ma lí il palazzo non è venuto giú! Forse i suoi genitori non si sono rivolti allo stesso genio che avete chiamato voi! – accusa ansimando.

– Perché te la prendi con noi? Dove lo trovavi *uno* capace di prevedere *quel* terremoto? Marco, gli esperti della Commissione Grandi Rischi avevano rassicurato tutta la popolazione e ora li hanno condannati per questo. Nessuno di noi poteva pensare... – e allargo le braccia.

– Ma certo che no! E anche adesso nessuno sa niente. Di tutti questi stronzi che blaterano di terreni di riporto, non lo sa nessuno perché una casa crolla e un'altra no! – Si agita sotto il tavolo e ci scontriamo con i piedi, un tremito leggero gli vibra sul labbro inferiore secco e svuotato di sangue. Basta il mio rozzo intuito a capire che al suo amico Fabio, detto Rash, invidia non l'appartamento agibile, ma la madre viva.

Si è richiuso nel recinto di capelli, ma presto alza gli occhi dall'insalata che cincischia da dieci minuti e dice brusco domani devi andare a scuola.

La coordinatrice della classe mi invita a seguirla nell'aula multimediale. Cammino al ritmo dei suoi tacchi in una scia di profumo troppo intenso. Mi mostra i due computer manomessi da Marco, sembrano integri ma non si accendono, ci ha lavorato dentro. Li ha già visti un tecnico, il guasto è irrimediabile. Erano quasi nuovi, donati da non sento bene chi dopo il 6 aprile di tre anni fa. Si dilunga a illustrarmi quanto è grave per l'istituto, data la cronica mancanza di fondi.

– Siete proprio certi che sia stato mio nipote? – domando, e lei, pronta, estrae un telefono dalla borsa e mi fa scorrere sotto il naso il video del sabotaggio. L'ha girato un compagno che poi, messo alle strette come tutti gli altri dal preside, ha consegnato la prova. Vigliacco, penso troppo forte, l'insegnante sente e mi fissa severa.

Ci siamo sedute ai lati opposti di una scrivania, ora, tiene il bordo con le mani a pinza, i pollici sotto il piano. Mi concentro sulle dita morbide per la crema spalmata al mattino, sui vari anelli, le unghie laccate di smalto chiaro, quasi color carne, la totale assenza di pellicine. Non ha mai scavato tra le macerie, immagino. Parla del ragazzo, sempre con la testa tra le nuvole, peccato, cosí intelligente, ma non lo avrebbero mai creduto capace di tanto. Poi cambia tono e protende verso di me l'acconciatura impeccabile, diventa materna, complice, dice: capisco la vostra situazione.

– Quale situazione capisce? – chiedo, e lei annaspa, spiazzata per un attimo prima di ricomporsi nel suo ruolo.

– La situazione familiare, signora, – rivela a voce piú bassa, come se dentro l'armadietto ignifugo ci fosse gente che origlia. – È solo per questo che abbiamo deciso di sospendere Marco con l'obbligo di frequenza.

Leggo nello sguardo quasi compiaciuto la vista su un dolore estraneo e distante.

– Non si sforzi di capire, – rispondo ormai in piedi. – Provveda a inviarmi il conto dei danni.

– Comunque lei poteva fare a meno di presentarsi –. È la sua stoccata finale. – Abbiamo convocato il padre.

– Sono venuta perché me lo ha chiesto Marco, – puntualizzo.

Un'ultima domanda, voglio sapere con precisione quando è successo. L'altroieri, come mi aspettavo, il giorno che da tre anni rifiuto. Mentre dormivo il mio sonno chimico altrove, Marco qui si arrangiava come poteva.

Stringo con la sinistra, senza entusiasmo, la destra che la professoressa mi tende, questa volta la precedo, sento i suoi tacchi alle spalle e mi risparmio il profumo. Aspetto Marco fuori dal M.U.S.P.[2], al sole malaticcio, è quasi l'ora dell'uscita. Mi vede subito e si avvicina, cerca i miei occhi, li trova duri, avevo quasi dimenticato il colore dei suoi. Articola un ciao debolissimo, quasi tremante, pochi passi dietro di lui i compagni ci guardano preoccupati.

– Andiamo, la macchina è di là, – indico aspra. Nell'abitacolo sta girato dalla mia parte di qualche grado, alla guida provvedo da sola. Riconosco il respiro faticoso che si prepara alla parola, ma non ci arriva. Sentirlo soffrire cosí è insopportabile, rallento e: – Che c'è, Marco? – gli domando.

– Lo dirai a mio padre, lo dirai alla nonna? – sussurra appena.

– Alla nonna non lo dirò, e nemmeno a tuo padre, lo sento di rado. Però so che lo ha chiamato la scuola.

Sospira, si riaggiusta sul sedile e siamo sotto casa. Spengo il motore, lui mi tocca il braccio e in un soffio gli esce: – Non accadrà piú niente del genere –. Ma poi, di colpo: – Anzi, faglieli pagare a lui, i danni, – e scende sbattendogli la portiera.

Vede prima di me la vicina che ha perso la bimba nel terremoto. È cosí senza peso e forza che non riesce ad abbassare con il piede la leva per aprire il cassonetto dei rifiuti. Marco lo fa per lei, le prende anche il sacco dalla mano e lo lancia dentro.

[2] Modulo a Uso Scolastico Provvisorio.

9.

Sarà trascorso un mese dall'ultima volta. Chiama adesso, dopo quello che Marco ha combinato a scuola. L'appuntamento è a piazza Duomo riaperta, camminiamo lungo il perimetro a tratti in ombra e parla. Alla prima domanda, come va, fingo di non aver sentito, alla seconda, su mia madre, alzo le spalle. Mi racconta delle difficoltà con il figlio, spesso non risponde nemmeno al telefono, né richiama, mai. Il giorno del compleanno di Olivia, dice, ha provato e riprovato senza riuscire a comunicare con lui. Non sopporto che la nomini cosí facilmente, proprio non lo sopporto.

– Era cosí importante quello che volevi dirgli? – chiedo aggressiva.

– Beh, sai, è una ricorrenza dolorosa per tutti. Volevo sentirlo, – si giustifica conciliante.

– Puoi contarci che per noi è doloroso. Invece tu che sei il vedovo hai passato una buona giornata? O non sei il vedovo? Da separati si diventa vedovi o no? – insisto.

– Lascia perdere, – mormora. Allora camminiamo muti per un po', evitando lo scontro. Poi riprende con Marco che non riesce mai a portare a Roma e quando viene lui per trascorrere almeno un pomeriggio insieme, il figlio accampa pretesti per sfuggirgli. Oggi per esempio non si incontreranno, gli ha mandato un messaggio poco fa, dice che ha molto da studiare, figuriamoci.

– Non mi perdona di non esserci stato la notte del terremoto, – continua a voce bassa. Mi volto a guardarlo un attimo, ammirata dal suo intuito. Piú esattamente Marco non gli perdona di averli lasciati, e le conseguenze.

Lo trovo smagrito, un po' trasandato, le ciglia cispose all'angolo interno di un occhio. La maglia blu che indossa sotto la giacca aperta deve averla lavata lui, resiste una macchia di unto al centro del petto. È invecchiato presto, in volto le rughe sono poche, ma profonde come ferite da taglio, nasconde i solchi ai lati della bocca con una corta barba che già comincia a sfumarsi di bianco. Mi è cosí indifferente.

Passa il tempo e non parla di quello che è successo a scuola.

– Come mai sei venuto proprio ora? – lo provoco.

– Mi hanno chiamato per quella bravata di Marco, – risponde calmo, – ma è tutto a posto, non ti preoccupare, ho rimborsato i danni.

– Non è dei soldi che mi preoccupo, ma di quello che ha fatto. *Tu* no? – domando pungente.

– In fondo sono ragazzi, – minimizza leggero. – A volte si prendono i loro sfoghi.

– Era un ragazzo anche quando ha tagliato le gomme alla *tua*, di ragazza, – affondo, – ma allora non sei stato cosí comprensivo. Da lontano è tutto piú facile, vero? Basta staccare un assegno.

Tiro un calcio a una lattina vuota di birra, ce ne sono diverse per terra dove ci troviamo adesso, tracce di scorribande notturne non ancora ripulite. Mi dà fastidio che lo storico salotto della città si presenti cosí a questa specie di disertore.

– Non capisco perché ce l'hai tanto con lei, – si dispiace. – Nemmeno la conosci.

Ingoio a fatica la risposta che sale in bocca. Come tigri impazzite nella gabbia, siamo al terzo giro della piazza e non me ne vado. Mi irrita, ma continuo a camminargli accanto, presa al laccio allentato di una lunga condivisione di affetti, differenti e simultanei. Tutti e due abbiamo amato Olivia, Marco bambino, la presenza serena di mia madre. Solo la memoria di quegli anni ancora ci lega, non l'adolescente furioso e desolato di oggi.

Davanti alla chiesa delle Anime Sante, questa volta Roberto rimane fermo qualche minuto incantato dalla facciata.

– Non la ricordavo cosí bella, – si meraviglia.

– Molti l'apprezzano di piú dopo che abbiamo rischiato di perderla, comunque puoi entrare, – gli dico.

Varca la porta in punta di piedi, mi tiene l'anta, e allora lo seguo per cortesia. C'è troppa luce e al posto dell'incenso una zaffata di cemento nuovo da un tramezzo che divide questa piccola zona agibile dal resto. Devo uscire per la solita nausea, ma non capisco subito il motivo. Viene anche lui, deluso dal poco interno residuo.

Propone un caffè e lo ringrazio, meglio la prossima volta.

– Comunque Marco gioca a pallone ogni sabato pomeriggio, in un campo verso Pile. Potresti andarci quando sei libero, – suggerisco. Accenna di sí con la testa e mi accompagna per un tratto verso l'auto.

Sotto i portici del cinema Massimo, le locandine del film in programmazione sabato 4 e domenica 5 aprile 2009, nessuno le ha piú tolte dalla bacheca impolverata. Le facce degli attori impallidiscono sotto il titolo, raggiunte dal sole che in certe ore del giorno si infila tra le colonne.

Arrivo al parcheggio e con le chiavi in mano ricordo dove ho sentito lo stesso odore umido di muratura fresca che mi ha disturbato in chiesa: al cimitero, il giorno dei funerali.

10

Di Roberto mi sono ammalata già in prima liceo, proprio lui, quattro fisso in matematica e miglior talento al conservatorio Casella che frequentava allo stesso tempo. A volte si mostrava gentile con me, soprattutto quando gli passavo la copia del compito di geometria, poi di nuovo svogliato e lontano, quasi pentito di essersi concesso troppo. Olivia mi sosteneva come sempre, suggeriva tattiche infallibili per conquistarlo e dopo curava metà delle mie ferite. In terza le ho giurato che non mi piaceva piú.

Un pomeriggio dell'anno dopo li ho visti baciarsi francese in una nicchia lungo la scalinata di San Bernardino. Scendevo di corsa per andare a studiare da un'amica, anche Olivia a casa aveva detto qualcosa del genere. Saremmo rientrate in paese con l'autobus della sera. Mi sono fermata un attimo come il respiro e ho pensato che strano per lei un posto cosí banale, dove vanno tutti. Ho continuato lenta e stordita, un passo dopo l'altro sotto i rimbombi del cuore.

Non mi hanno vista, non avrebbero visto nessuno al mondo. Ho ricordato solo allora certi sguardi di Roberto quando parlavo con mia sorella nei corridoi della scuola, mi trapassavano e si posavano su di lei, leccandola tutta. E una volta che eravamo andate a uno dei suoi primi concerti, lo slancio di Olivia nell'abbracciarlo, alla fine, lo aveva lasciato rammollito e senza parole come appena dopo un orgasmo.

La mattina successiva alla scoperta, la nuca di lui seduto al banco davanti al mio diventava insopportabile. C'erano ancora le mie dita gemelle sopra, il pollice sull'orecchio e le altre ad accarezzare l'attaccatura dei capelli che conoscevo a memoria, esattamente simmetrica. Mi sono spostata con un pretesto e non gli ho passato il compito di matematica, insufficiente anche il mio però.

Olivia non me l'ha detto subito e ho avuto il tempo di prepararmi. Quando poi ha chiesto se mi dispiaceva, ho mentito di no con una certa disinvoltura e ha finto di crederci. A fatica ho incassato. Ma sotto sotto lo capivo, Roberto, Olivia possedeva i poteri. Se non facevano in tempo a chiudersi, animali e umani di entrambi i generi restavano stregati. Per strada i gatti la seguivano elastici con le schiene inarcate e le code in aria, i cani le trotterellavano dietro. Quando sbriciolava le molliche sul davanzale della cucina, i passeri arrivavano a beccarle dai polpastrelli.

Durante la gravidanza di Olivia, Roberto ci ha portate una sera nella casa dei nonni materni a Capestrano, il loro paese di origine. Dopo cena, dalla scala sul retro siamo scesi nel suo giardino natale e l'abbiamo attraversato silenzioso. Era scuro, da lontananze invisibili il profumo snervante di petali spessi e dolciastri, a tratti. L'aria saliva dal fiume poco distante satura di polline, il borgo in festa vicino eppure remoto, quasi uno sfondo irreale. All'improvviso, tra l'erba e i mandorli erano comparse a decine le lucciole, in risposta a un misterioso comando. Volavano quiete, a sfiorare appena le foglie. Si mimetizzavano un momento con il buio e subito dopo riaccendevano il magico addome, già altrove, ma solo di poco, illuminando qui un cespuglio, lí una ragnatela, forse la pelle scabra dei rospi, verso il fosso. Calpestavamo il campo di stelle mobili, come un cielo caduto. Roberto guardava zitto, in piedi alle spalle di Olivia, le teneva la mano sulla pancia di sette mesi e il respiro nell'orecchio. Potevo avvertire sui capelli di mia sorella l'attrito del mento sbarbato e dalla schiena il ritmo complesso della vita di lui che la percorreva fino alla creatura. Nella bocca chiusa del musicista ha cominciato a suonare una melodia incerta, letta dal pentagramma sospeso sul prato, dove le note giocavano a spegnersi e spostarsi per sfuggire alla cattura. È trascorsa per loro due una lunga ora perfetta, non mi ero mai sentita così in disparte.

Quando meno li voglio, i ricordi mordono con denti di iena, per esempio qui, nella sala d'attesa del reparto ortopedia. Sono le nostre piccole felicità estinte, le guardo da lontano e mi pento di loro. Mi hanno indebolita verso quello che è accaduto dopo, la scossa mi ha colto senza difese, con il fianco sottile e scoperto.

L'infermiera dal tono spazientito deve aver chiamato il nome più volte, alla fine la sento e vado. Il tecnico di turno è lo stesso del giorno dell'incidente, ci viene da sorridere e mi dà del tu.

– Tuo nipote ha imparato a tenere le scarpe in ordine? – s'informa mentre comincia a disfare la fasciatura.

– No, sono io che ho imparato ad accendere la luce quando mi alzo di notte.

Commenta con una risatina, stacca piano il cerotto un po' ingiallito. – Non mi dire che sei riuscita a dipingere le tue ceramiche.

– Figuriamoci, ho tentato anche con la sinistra, ma non ha voluto saperne.

– Adesso potrai recuperare, – e intanto rimuove le garze, la stecca e il cotone. Istintivamente piego il dito, non riesco a chiuderlo del tutto. Lui guarda e annuisce. – Brava, prova di nuovo. Senti dolore?

– Poco, a un certo punto.

– È normale, non ti scoraggiare. Per fortuna non ti serve a tenere il pennello.

Noto solo adesso che è raffreddato e tira di continuo su con il naso, ogni tanto si soffia e dopo le sue dita sono umide sulla mia pelle. Mette in fila una serie di starnuti sonori e la carta ormai inzuppata non riesce piú a contenere il muco straripante, allora cerca nelle tasche del camice segnato da strisce secche di gesso e non trova niente, gli passo io un fazzolettino pulito.

La luce esterna si abbassa all'improvviso, appoggio i palmi sul tavolo, sotto il neon, e confronto i due medi per verificare se il destro è gonfio. Lui si alza e mi guarda in silenzio. Poi percorre con il polpastrello dell'indice tutto il mio dito liberato, fino all'unghia, con una pressione troppo lieve per sembrare terapeutica. Scivolo all'indietro sul ripiano fischiando nell'attrito e mi riprendo le mani. Resta, solo qualche momento, una trascurabile scia di sudore sulla superficie bianca. Il tecnico è a fine orario, dice, m'invita per un aperitivo al bar dell'ospedale. Rispondo con un monosillabo e non so nemmeno io se è affermativo o negativo. Comunque percorriamo insieme un tratto di corridoio verso gli spogliatoi e, mentre camminiamo ovattati sul linoleum azzurro, la voce catarrale confessa: – Ieri ho visto il tuo nome sulla lista dei pazienti di questa mattina e mi sono spostato il turno per esserci. Aspettami qua, mi cambio in due minuti.

Gli sorrido una specie di addio mentre sparisce fiducioso oltre una porta.

Quando arrivo al mio laboratorio, la mano trema un po' dalla paura di non sapere piú tenere il pennello, dopo tutto questo tempo immobile.

11

Negli ultimi giorni ho dipinto senza sosta, per recuperare il lavoro arretrato. Dopo alcune ore sentivo lo scricchiolio delle vertebre quando ruotavo la testa per sciogliere la tensione dolorosa del collo. Ho bruciato molta legna nella stufa, le dita devono essere calde per mantenere il controllo dei movimenti fini. Una scheggia di due o tre millimetri mi si è conficcata nel pollice mentre alimentavo il fuoco ed è rimasta lí, sotto la pelle, indisturbata. La sera mia madre non ha voluto estrarla con un ago, le faceva impressione, e da sola non ci sono riuscita. A chiederlo a Marco ho avuto paura che mi trapassasse con uno dei suoi gesti agitati. Non è un periodo fortunato per le mani, ma pitturano volentieri qui, nello stanzone tiepido e luminoso. Il vapore sale dalla vecchia pentola piena d'acqua che tengo sul ripiano di ghisa della stufa per inumidire l'aria, certe mattine ci poso a fianco delle bucce d'arancia o rametti di rosmarino e profumano.

Nonostante il padrone di casa abiti a Bologna, la corrispondenza arriva lo stesso e quando sento la Panda della postina, sempre la solita, che frena sulla ghiaia del piazzale, esco a salutarla. Se mi vede disponibile, Lucia racconta qualche aneddoto del suo ingrato mestiere, dice, però sorridendo. Parla del tizio che le avventa i cani, per scherzo ma mica tanto, a ogni consegna di multe per eccesso di velocità, o della vecchietta sola che le fa trovare pasta e patate alle undici di mattina nella speranza di pranzare insieme.

Ormai i pezzi da vendere ai mercatini di dicembre sono pronti. Oggi mentre iniziavo a caricarli è arrivato il proprietario della villa e ha insistito per aiutarmi, senza neanche entrare prima in casa. Mi ricordava con la mano immobilizzata, l'ultima volta, e ha detto che è ancora presto per sforzarla. Avevo imballato gli oggetti in scatoloni di varia grandezza e lui è riuscito a farli stare nel portabagagli sfruttando al meglio lo spazio. Un pacco mi è caduto mentre glielo passavo, ci siamo chinati a raccoglierlo insieme e ho incontrato sopra il cartone i suoi occhi verdi, mai visti cosí da vicino.

– Si sarà rotto qualcosa? – ha chiesto impensierito.

– Non credo, però controllo subito –. Ho staccato il nastro adesivo e svolto i fogli di vecchi giornali. Il professore mi ha guardata esaminare una per una le palle di Natale con la serie degli uccelli, ruotandole da una parte e dall'altra.

– Tutte intere, per fortuna –. Gli ho sorriso.

– Non le porti via, queste, le prendo io per gli amici di Bologna –. L'idea gli è venuta sul momento.

– Ma le ha già regalate l'anno scorso! – ho protestato convinta.

– I disegni erano diversi. E poi me le hanno chieste loro, vogliono collezionarle, – ha insistito.

– Allora ha diritto a uno sconto.

– No, questa volta no, ha lavorato con la mano dolorante. Però ne accetto una in omaggio, per me.

– Le piacciono davvero? – ho chiesto sospettosa.

– Li trovo straordinari. Lei riesce a dipingere se sentono freddo, fame, se stanno per spiccare il volo. Questo qui, ad esempio...

– La cinciarella su un ramo di quercia...

– Ecco, la cinciarella sembra infreddolita, con le piume un po' arruffate, scomposte, mentre quest'altro...

– La passera scopaiola... – ho suggerito con un lieve imbarazzo.

– La passera scopaiola è sazia e si riposa, ha il gozzo gonfio di grani.

Abbiamo continuato cosí per un po', io elencando i nomi degli uccelli e lui descrivendo intenzioni di canto e umori nel fanello, nel ciuffolotto, nel picchio muratore. Di colpo l'ombra della casa ci ha investiti e gelati, rapida come i tramonti d'inverno. Abbiamo richiuso la confezione e lui l'ha presa tra le braccia, per portarla al sicuro.

Lo spazio è troppo vasto per le nostre sparute bancarelle, addossate le une alle altre per resistere alla temperatura e farsi coraggio. Niente rispetto ai mercatini di qualche anno fa, nessuno viene piú a vendere dalle regioni intorno, persino da Napoli. Non vengono dopo il terremoto. Gira poca gente e chissà se ne arriverà. Alcuni li vediamo sul Corso, diretti con passo aquilano al caffè Nurzia riaperto, dove prenderanno una bevanda calda insieme a un pezzetto di torrone Fratelli Nurzia, appunto, da non confondere con quello delle omonime e piú famose sorelle. Le persone abbottonate procedono senza deviare, gettando solo un'occhiata distratta verso questo piccolo grumo di luci e colori che siamo, al centro della piazza. L'artigianato è vario, dai giocattoli in legno, alle borse di lana cotta, alle mie ceramiche, ma gli odori sono dei formaggi al tartufo e delle mortadelle di Campotosto.

Passa Marco proprio qui davanti, invece, con Rash e altri due ragazzi. Parla animatamente, con loro, le mani nelle tasche del giubbino troppo corto che gli lascia scoperta una linea di pelle bianchissima sopra la vita bassa dei pantalo-

ni informi. Rabbrividisco solo a vederlo. Si volta verso di
me e i ricci gli fanno la ruota, ci guardiamo zitti e complici, sapeva di trovarmi. In un momento ha controllato che
zia e bancarella fossero a posto ed è sparito su quelle sue
gambe senza carne.

Teresa non me l'aspettavo. Riemerge quasi fantasma
dai primi anni del liceo, sempre vicina di banco di Olivia.
Dopo il diploma è andata a studiare fuori e non si è più vista a L'Aquila. Suo padre era un colonnello della fanteria,
trasferito da una città all'altra. Si avvicina già pronta, il
labbro inferiore sbiancato dal morso di quei denti grigia-
stri e piccini inclinati verso il fondo della bocca, le spalle
contratte. Lo sa, allora, forse da poco. Quando ci sciuglia-
mo dall'abbraccio stretto e prolungato, le lacrime stanno
in equilibrio nei suoi occhi, senza cadere. Mentre prova a
dire qualcosa, le sento il dolore nell'alito amaro.

– Ti ha lasciata sola... – sussurra.

– No, sto con Marco, suo figlio. E con mia madre.

– Ancora non ci posso credere. Mi sembrava immortale.

Una signora sotto un cappello di pelliccia lascia un attimo il braccio dell'amica e viene a chiedermi se ho un
poggiamestolo con il disegno di una carota, magari anche
due incrociate. Le rispondo di no, purtroppo non ci avevo pensato a un decoro così originale. Si dispiace, voleva
regalarlo alla cognata.

– Com'è? Le somiglia? – riprende Teresa accarezzando
le palle natalizie appese ai sostegni di ferro.

– Marco, vuoi dire... Se fossi arrivata cinque minuti
prima, l'avresti incontrato qui. Ha sedici anni, i capelli e
gli occhi della mamma, la stessa voglia di caffellatte sul
braccio sinistro. Quando si concentra inarca un solo sopracciglio, come lei, ricordi?

Certo che ricorda. Avrebbe baciato la terra dove si posavano i piedi di Olivia. Viveva incantata nel raggio del suo splendore. Finita la scuola veniva a casa insieme a noi in autobus e dopo pranzo si godeva la compagna, con il pretesto dello studio. Accadeva almeno due o tre giorni alla settimana. A mia sorella non dava fastidio, Teresa non era mai invadente, le bastava stare lí, nella sua orbita, assecondarne i voleri senza pretendere attenzioni per sé. Quando Olivia diceva qualcosa, anche a me o a nostra madre, lei fissava i movimenti delle labbra e li ripeteva sulle sue senza emettere nessun suono, come per una rivelazione da mandare subito a memoria. E se qualche pomeriggio si accorgeva di non essere troppo gradita, si ritirava in disparte, restando nella camera, contenta di respirare la stessa aria dell'altra. Nemmeno io la trovavo importuna, non mi rubava niente, non valeva una gelosia. Era piuttosto una figurina innocua, perduta nel suo amore candido e segreto. Credevo di essere la sola a riconoscerlo, cosí mascherato dall'intimità amicale, nascosto in gesti comuni che a Olivia non svelavano nulla. Teresa le circondava le spalle con il braccio quando dovevano consultare un testo, le scostava dolcemente una ciocca che copriva la pagina. Per potersi permettere quelle tenerezze innocenti, dimenticava di portare i libri con una frequenza imbarazzante persino per me che le osservavo da dietro, sdraiata sul letto.

Mia madre rassicurava la sua che spesso telefonava per scusarsi della figlia e invitare Olivia, almeno ogni tanto, da loro. Ma le ragazze si sentivano a disagio nell'atmosfera militaresca di quella casa, a volte mia sorella aveva accettato di pranzare lí e se n'era scappata subito dopo.

– E il padre lo vede? – mi sveglia la voce di Teresa. Sa che è Roberto, ma non lo nomina, il ragazzo che all'improvviso le aveva portato via i pomeriggi con Olivia lasciandole solo gli striminziti contatti in orario scolastico, o poco piú.

– Sí che lo vede. Roberto abita a Roma, ma viene sempre, appena i suoi impegni glielo consentono. Sai che tiene concerti in tutta Europa e anche in Giappone... Però chiama Marco ogni giorno, quando va all'estero. E d'estate lo porta con sé.

Teresa sembra meravigliata dalla foga della risposta. E io anche, la bugia mi è salita in bocca come il rigurgito imprevisto di un cibo pesante e lungo da digerire. Ho difeso Roberto da un attacco inesistente, forse inventato dalla mia stessa rabbia contro di lui, pallido riflesso di quella di Marco. L'ho protetto quasi fosse ancora uno di famiglia, un fratello con cui ti azzuffi ogni minuto, ma sei pronto a versare sangue se qualcuno lo colpisce al posto tuo.

Arrivano passanti con buone intenzioni, li riconosco subito quelli che comprano. In un attimo avvolgo nella carta velina rossa la palla di Natale che Teresa ha toccato con piú sentimento e gliela chiudo tra le mani. Capisce che deve andare, ora.

12.

1) Ti devi occupare del cane perché è TUO.
2) Il cane non deve MAI entrare nelle camere.
3) Devi provvedere TU ai pasti del cane tranne la mattina, altrimenti perdi l'autobus.
4) Il cane lo porti fuori TU, anche con la pioggia.
5) Il cane non deve MAI salire sul divano, NEMMENO quando siete soli in casa tu e lui.
6) Il cane deve rigorosamente dormire nella sua cuccia SUL BALCONE.

Una donna della piastra a fianco attraversa di continuo, in un senso e nell'altro, il quadrato di terra incolta che ci separa, tagliandolo sempre alla stessa altezza. Ha inciso un viottolo dove le erbacce non riescono a crescere, calpestate dai suoi passi ossessivi. Cammina salmodiando tra i denti sgangherati *L'Aquila bella me, te voglio revete'*... e termina la filastrocca tradizionale con un acuto stridulo che stona proprio su L'Aquila bella mia.

Sa le vite di tutti, qui a Coppito tre. Se le ripete ad alta voce per non dimenticarle, con quella curiosità di roditore vorace. Dicono che non era cosí, prima del terremoto. All'inizio mi spaventava quasi, cercavo di evitarla quando scorgevo da lontano la testa grigia scarmigliata, l'abbigliamento assemblato a casaccio. Ora le chiedo tutte le volte come sta, e lei risponde «un po' bene e un po' male» impastando le sillabe con la lingua. Poi mi dà di gomito e racconta qualcosa di qualcuno, ma spesso non capisco cosa di chi.

La incontro di pomeriggio al portone e spara: – Caruccio il cane di tuo nipote –. Lascio le buste della spesa e vado fino all'angolo che mi indica con il mento peloso. Appiattita dietro un pilastro, li osservo a bocca aperta nella misteriosa intimità tra uomo e animale. Sono lí, seduti sul cemento nuovo. O meglio, Marco è seduto a gambe incrociate e dalla lampo semiaperta del giubbotto spunta la testa amorosa del quadrupede forse volpino, stretto alle sue costole. Vicino hanno una vecchia ciotola di plastica piena d'acqua e, perfettamente ripulito da ogni traccia di cibo, il piatto che si era crepato giorni fa sfuggendo alle mie mani bagnate. Continuava a circolare per casa finché lui ha detto con insolita vivacità: – Meglio buttarlo prima che si spacchi e qualcuno ci si tagli.

Da una settimana non mi spiegavo certi strani traffici di Marco. Dopo pranzo scendeva subito sotto tenendosi la giacca imbottita piú gonfia sul fianco sinistro e dalla finestra della cucina lo vedevo camminare sghembo per non scoprire quel lato. Ogni tre passi si girava all'insú con occhiate torve e colpevoli verso lo sguardo che sentiva addosso. Svoltava l'angolo e risaliva dopo ore. Interrogato sulle frequenti sparizioni di avanzi dal frigo, rispondeva animoso: – Vi lamentate sempre che non mangio, adesso ci sono problemi se ho fame e faccio qualche spuntino?

Il cane lo adora a orecchie basse, a un certo punto non riesce a contenere l'affetto e lecca i brufoli a portata di lingua, come gonfi di miele. Marco ride e finge solo un attimo di sottrarsi, preoccupato che l'altro possa credere al suo scarto improvviso. Già si appartengono, è tardi per separarli. Conoscono le due facce della devozione.

Una rigidità mi si frattura dentro, una barra metallica messa di traverso a sostenere il petto dall'interno. Rinuncio a mostrarmi, mi ritiro e prendo la spesa all'ingresso, salgo a fatica le scale, piú alte e numerose del solito. Le coste di sedano fanno capolino dai manici della busta e solletico al polso, mia madre le userà per il brodo vegetale. Ma prima le parlerò, per convincerla. Non è difficile, quando si tratta di Marco.

Qualche giorno dopo, infatti, lui esce sul balcone e per poco non inciampa nella cuccia che la nonna e io abbiamo comprato, insieme a due ciotole colorate e vari altri ammennicoli per cani. Rientra con i riccioli esplosi a raggiera e ci fissa sbalordito, ansimante. Detto regole ferree con un tono che cerca di sembrare inflessibile, ma a mia madre scappa da sorridere.

– Ora vai a prenderlo, – gli dico alla fine della predica. Torna in un attimo con il bastardino in braccio, cosí lo definisce, lo avvicina prima all'una e poi all'altra in un breve giro di presentazione. Quando me lo accosta, l'animale teme una minaccia e si barrica tutto tremante nella fortezza insicura del suo pelo nero. Accenno appena a sfiorargli il capo e lui batte le palpebre e incassa il collo richiamandolo tra le spalle come per sottrarsi a percosse imminenti.

– Prova con qualcosa da mangiare, forse gli passa la paura, – suggerisce Marco, e io ubbidiente provo, ma quando faccio per prendere la ciotola dice: – No no, dagli un po' di carne con le mani.

Mi inginocchio e lo poso sul pavimento, a spaventarsi del boccone che gli porgo. Per lunghi minuti il desiderio del cibo lotta contro il timore dell'estraneo. Marco è a due passi, appoggiato di schiena alla parete, ci osserva in silenzio. Il cane sta per rinunciare, abbassa la testa e retrocede di qualche centimetro, poi s'interessa di nuovo. Gli lascio il pezzetto a terra e indietreggio di poco. Appunta le orecchie e mi guarda, si rassicura, può fidarsi.

Su nostra richiesta il Servizio Veterinario ci fornisce i dati disponibili sul microchip e non solo. Il dottore conosce la storia, Bric è un meticcio di otto anni, come si può notare dai baffi già in parte bianchi. Lo aveva adottato da cucciolo un abitante di Onna, poi deceduto nel sisma. Per mesi il cane ha vegliato le macerie della loro casa, nutrendosi di qualche osso pietoso e dell'odore rimasto del suo padrone. La notte del 6 aprile l'aveva inutilmente avvertito della scossa in arrivo, abbaiando e attaccandosi alla manica del pigiama. Alla fine l'uomo, esasperato dalla sua agitazione, lo aveva mandato fuori e si era rimesso a letto, dove stava per morire. Cosí risulta dal racconto di un vicino sopravvissuto che non riusciva a prendere sonno nella sua auto, dopo le prime scosse della sera. Da lí aveva assistito agli ultimi tentativi del cane di tirare via il padrone dall'uscio. Quando si è arreso alla perdita, Bric ha cominciato a vagare per le campagne ed è giunto un pomeriggio alle nostre C.A.S.E., da Marco.

Neppure per una notte vede le stelle dalla sua cuccia, temiamo il freddo per lui (violazione della sesta regola). Ognuno di noi trova pretesti piú o meno irrazionali per tenerlo dentro, è quasi anziano, ha patito tanto, potrebbe disturbare i vicini. Allora dorme su un materassino per cani, in un angolo. A volte sussulta e vibra di quel suo tremore patetico, ulula sottovoce lingue sconosciute, uguale al suo tesoro di là che parla da indemoniato nei sogni. Ogni sera Marco, che è l'ultimo a coricarsi, lascia sbadatamente socchiusa la porta della camera (violazione della seconda regola), e quando glielo faccio notare sostiene angelico che c'è un difetto nella maniglia.

– Ti giuro, zi', io non me ne scordo. È che di notte si

allenta qualcosa nel meccanismo, certe volte nel sonno sento un *tac*.

All'alba Bric apre con il muso quello stretto invito e sale con le zampe anteriori sul bordo del letto. Potrebbe farlo prima, a nostra insaputa, invece esercita lungo un arco di ore tollerabile la resistenza alla solitudine, alla separazione. Aspetta, per ricongiungersi, una soglia di luce dall'esterno. Rimane qualche momento in estasi, con le narici umide dilatate a inspirare l'alito viziato dell'altro, poi lecca di gioia la faccia addormentata. Cosí ogni mattina Marco si sveglia ridendo, e quando sua nonna incrocia il cane in giro per le stanze, comprese quelle proibite, bisbiglia Dio ti benedica, senza farsi sentire.

13.

Entro nella Zona Rossa, per la seconda volta in pochi mesi. Nevica sottile, a mulinelli di fiocchi leggeri e svogliati di posarsi sul manto già steso. Cammino guardinga dove nessuno è passato, sopra un rumore di polistirolo compresso. Una breve sosta alla chiesa di San Pietro, alla distanza consentita dai puntelli. Hanno tolto le campane dal sagrato, so che le avevano appoggiate qui dopo la scossa, a bocca chiusa per terra, e sono rimaste a lungo. Forse disturbata dal mio arrivo, su un terrazzo si alza in volo una cornacchia, quasi elegante nel suo abito scuro. Da grigia, la trama delle crepe sulle facciate dei palazzi si sbianca in festoni irregolari, è lí, nelle fratture degli intonaci, che si insinuano le intemperie. Addossata a un muro intatto un'utilitaria ha il vetro anteriore e il cofano sfondati di pietre, guardo in su, per sapere da dove sono cadute. Allora le ciglia intercettano la neve e vedo la mancanza del tetto attraverso cristalli stellati che presto si sciolgono e colano dentro l'occhio. La portiera è spalancata sui sedili bicolori e l'airbag si era aperto inutilmente, pende sgonfio dal volante, adesso. Sarà stato, la sera del 5 aprile, uno di quei parcheggi sotto casa che noi abitanti del centro storico ripetevamo ogni giorno a memoria, con le stesse manovre, accostandoci a distanza millimetrica per non intralciare il transito nelle strade sempre troppo strette.

Sbuco su una piazza amplificata dal candore e dal silenzio, non la riconosco subito sotto la precipitazione del cielo basso e invisibile. Le case lungo il perimetro, chiuse sul buio interno. Nessun fumo in salita dai comignoli, né odori di cucina. Sarebbe questo il tempo giusto per la molle polenta con il sugo grasso di salsiccia che si addensa piano sul fornello e vela le finestre. I teli di plastica trasparente fissati al posto dei vetri in frantumi si sono slabbrati sotto la spinta del vento.

Attraverso la distesa perfetta e mi volto verso la solitudine delle orme, la linea provvisoria e discontinua racconta a me il mio passaggio. Con la mano di taglio prendo da un muretto lo strato superficiale e mangio il sapore metallico di altezze mai viste. Proseguo verso uno sbattere monotono, forse di imposte, secondo il ritmo musicale delle folate. Oggi non evito via del Drago, sono diretta proprio lí. Prima del civico 28, dove vivevano Olivia e Marco, ripasso il computo dei morti nelle abitazioni e noto come decrescono regolarmente di un'unità, tre, due, uno. Una, Olivia. Resto senza fiato, davanti a casa sua. Dalla parte opposta della strada arrivano esattamente qui e poi ne ripartono lunghe impronte di scarpe, un paio, già un po' riempite di nuovi fiocchi caduti. Qualcuno è venuto, di sicuro è entrato, senza esitazioni, si vede il mezzo piede impresso nel bianco mentre la metà anteriore già varcava la soglia. È uscito poi senza girarsi indietro, la traccia all'inverso è nitida e dritta, come quella in arrivo. Tocco stupidamente il lucchetto che chiude le ante del portone, quasi potesse trattenere il calore delle mani che lo hanno aperto e richiuso. Sarà passata un'ora o piú dalla visita, provo a calcolare. Mi improvviso investigatore e stimo la differenza tra la neve piovuta sopra le orme dell'andata e del ritorno, per capire quanto tempo l'intruso è rimasto dentro. Poco, forse doveva solo prendere qualcosa. Queste scarpe cosí enormi, dello stesso numero di Marco, probabilmente. Non so nulla della sua giornata, stamattina l'ho intravisto appena. Subito dopo il risveglio, un semplice sguardo basta a irritarlo, se troppo diretto. Non riesco a immaginare le strambe ragioni che potrebbero averlo portato qui.

In un angolo coperto del loro balcone al primo piano resiste solitaria, appesa alla corda dei panni, la felpa dei Simpson che mi aveva chiesto in regalo per l'ultimo Natale in questa casa. Ricordo il disegno sul petto, Homer davanti al barbecue indossa una maglietta unta con la scritta KISS THE CHEF. Non riuscivo a trovarla in nessun negozio e alla fine mi ero risolta a cercarla a Roma, c'ero andata apposta. Marco aveva strappato violentemente la carta del pacco e si era quasi commosso davanti al suo idolo giallo, al punto da schioccarmi un bacio preceduto dalla massa accecante dei capelli.

– Questa non ce l'ha ancora nessuno a L'Aquila, zi', – aveva detto orgoglioso anche di me.

Da qui distinguo il testone pelato all'ingiú e il braccio teso verso le bistecche che non cadono dopo tre anni sottosopra, quasi quattro ormai, cosí come non vola via la felpa, irrigidita dal gelo nella fedeltà al suo balcone. Ha perso la molletta da una parte e allora pende sbilenca, insieme a molto altro nella città. Le maniche sarebbero davvero corte per Marco, adesso, gli coprirebbero a stento i gomiti e la vita gli resterebbe nuda fino alle costole. Un dolore acuto mi sale nel naso, sarà il freddo, o lacrime impedite.

Verso la fine della strada un tonfo sordo e ovattato, sembra un crollo, ma ridotto, forse un cornicione o un pezzo di solaio cede sotto il peso della neve. Nessuno lo saprebbe, se non fossi qui. O forse no, altri fantasmi si aggirano clandestini nei quartieri, anche al buio, con le pile puntate ai sampietrini davanti ai loro passi. Qualcuno va persino a dormire di nascosto nelle case di categoria E, per non lasciarle sole. Aspettano di ricostruire. Ne conosco uno, sostiene che non è pericoloso, ci si può fidare di chi ha messo in sicurezza.

– Se non ci vado tutti i giorni si rovina, – mi ha detto dell'abitazione di famiglia, inagibile. Ho temuto per la sua lucidità.

L'unico resistente dichiarato è un vecchio scrittore, quasi un eroe. Dopo la scossa è rimasto nell'appartamento poco colpito e, quando gli uomini della Protezione Civile sono andati a salvarlo, ha finto di seguirli fino alla porta, con la valigia in mano e i suoi modi antichi e garbati. Li ha chiusi fuori e nessuno ha avuto il coraggio di eseguire con la forza l'ordinanza di sgombero. Ha chiamato due operai per le riparazioni piú urgenti e ha continuato ad abitare, all'inizio senza luce e gas, tuttora senza vicini. Scrive e invecchia piano, tra i gatti, i libri polverosi, gli studi interminabili. Passeggia fino a un ristorante riaperto dove mangia con gli ultimi denti residui.

Ci saranno altri crolli allo scioglimento della neve, credo. Di notte l'acqua penetrata nelle lesioni gela aumentando di volume e i muri imbevuti di ghiaccio crepano lungo le fenditure allargate. L'Aquila è fradicia e gonfia, dopo tutto questo tempo. Le piogge l'hanno impregnata fino alle fondamenta, passando tra mattone e mattone. Marco non dovrebbe venire qui, è pericoloso, invece. Domani cambierò il lucchetto, deve essersi procurato una copia della chiave. Stringo la mia dentro la tasca e rinuncio a usarla per entrare. È quasi buio ormai, di colpo, senza crepuscolo come sulla luna.

Il telefono vibra. – Che aspetti pure tu a rientrare, con questo tempaccio? – chiede mia madre preoccupata.

– Stai tranquilla, sto arrivando. Marco è tornato?

– Proprio adesso, bagnato dalla testa ai piedi. Special-
mente ai piedi, ha le scarpe zuppe.

Vorrei chiederle se zuppe della neve calpestata in via del
Drago, davanti a casa sua. Mi affretto a ripetere al contrario, vicolo per vicolo, le mie impronte attenuate e quando
arrivo alla Fontana Luminosa trovo i mezzi dell'esercito di-
sposti in cerchio come testuggini giganti coperte di bianco.

14

Sobbalzo quando bussa sul vetro. La divisa mimetica con il fucile a tracolla mi parla e non sento. Indica con la canna obliqua dell'arma di abbassare il finestrino, che sbadata. Ubbidisco e mi tolgo anche il cappuccio. Ora la voce arriva, vagamente ironica nel suo vapore.

– Dov'è andata con questo tempo?

– Oh, qui intorno… – provo a rispondere intimorita.

– Con questo tempo? – ripete dubbioso il soldato inarcando le sopracciglia. Dall'accento non riesco a collocarlo sulla carta geografica dell'Italia settentrionale.

– Ma non sono andata lontano… – mi giustifico.

– Ha visto le transenne? – domanda. Me le mostra anche, con il solito ferro.

– Non le ho oltrepassate –. Mi scappa di mentire in tono dimesso, ma poi lo guardo dritto negli occhi apatici e infossati, lasciando da parte ogni soggezione. – Non conosce un altro modo per indicare? Un momento fa mi ha quasi puntato il fucile per chiedermi di aprire.

– Non si agiti, che c'è la sicura, – replica rimirando un attimo l'attrezzo. Tiene le gambe divaricate, il sesso prominente dentro i pantaloni color cachi. Continuo a spostarlo di qua e di là sotto l'arco alpino e piú giú, fino alla pianura, in cerca di un luogo di provenienza.

– Ci mancherebbe altro. Comunque noi disarmati

usiamo le dita, l'indice per l'esattezza. Indicare viene da indice.

– Ancora non ha detto perché è venuta. Non mi sembra adatto per le passeggiate, qui –. Stavolta accenna con la mascella e un'occhiata inespressiva allo scorcio deserto della città presa.

– Stavo cercando mio nipote.

– Anche lui in giro con questa bella giornata, vero? E com'è il nipote, magari l'ho visto, – insiste mentre gli nevica sopra senza tregua.

– Non si preoccupi, mi ha telefonato poco fa da casa. Se non le serve altro andrei anch'io.

– Vada pure, – acconsente, cambiando la gamba di appoggio. – Ma stia piú attenta la prossima volta, le sue impronte vengono dall'interno della Zona Rossa verso la macchina. È proibito entrare lí, ci sono i cartelli.

Vedo solo adesso un altro uguale a lui poco piú avanti, si ripara sotto la pensilina, alla fermata dell'autobus, battendo gli anfibi sull'asfalto. Avvio il motore, con una smorfia. Il riscaldamento, invece, non vuole saperne di accendersi. Seguo fino al primo incrocio la luce lampeggiante di uno spazzaneve, a passo d'uomo. Mia madre telefona ancora, la rassicuro.

All'arrivo non fiocca piú, sta gelando intorno alle C.A.S.E.

Trovo Marco steso sul divano, la nonna è riuscita a confortarlo con un plaid, dopo il freddo che ha patito. Ma giú in fondo escono lunghe e magre le prime dita dei piedi, nude. Per terra la tazza vuota con il disegno della mucca, fronte e retro, e all'interno la scia polverosa della cioccolata bevuta a beneficio dell'acne. Non ha i baffi di cacao ai lati della bocca, li avrà puliti con la mano, e non ha neppure, sulla faccia, i segni della visita in via del Drago.

Legge un fumetto, rilassato e composto, ogni tanto si tende ad accarezzare il cane che sonnecchia felice sul tappeto. Solo un momento distoglie lo sguardo dalla pagina e lo sposta di traverso su di me, senza voltare la testa. Mi vedo da quegli occhi riservati e sornioni come una facile da raggirare. Lo ricambio, diretta e convinta. È stato lui, a entrare in casa sua.

– Dove sei andato? – esploro, cauta.

– All'Aquilone, con Rash e gli altri. Stiamo lí quando è brutto tempo –. La bugia gli esce spontanea e disinvolta, di sicuro l'ha già sperimentata sulla nonna. E poi ci vanno davvero, mi è capitato di vederli.

– Senza soldi?

– Non è mica necessario comprare. Ci incontriamo là, giriamo, guardiamo le vetrine. È il nostro ritrovo.

– Il centro commerciale? – domando con moderato stupore.

– Il centro commerciale. Ti dà fastidio? Dove vuoi che andiamo? Se hai qualche posto tu da consigliare... – comincia a scaldarsi.

– No, no, figurati. Se per voi va bene...

– Per forza, non c'è altro, di giorno. Tu invece dove sei stata, nella bufera? – rilancia.

– In laboratorio, come sempre, – dico a testa bassa. Fingo anche di grattarmi uno zigomo, per coprire il rossore.

– Dalle scarpe fradice non si direbbe, – dubita l'esperto.

Seguo la direzione del suo scetticismo. Nonostante le abbia pulite sullo zerbino, le suole stanno cedendo goccia a goccia al pavimento caldo la neve che ci è rimasta attaccata sotto, negli interstizi della gomma. In un attimo Marco mi ha smontata dentro, non so replicare. Torna a concentrarsi sul fumetto, mentre asciugo con uno straccio i due laghetti numero trentasei.

Non ho ancora finito, invento un pretesto per mia madre e scendo in macchina. Seduta nell'abitacolo buio, telefono a Roberto. Risponde sotto il peso improvviso del mio nome fluorescente che lo chiama verso la zona in ombra della sua vita.

Gli comunico che voglio invitarlo a pranzo, uno di questi giorni, a casa nostra. Sono sicura, sí, preparerò il terreno. Non sarà facile, lo so, però è necessario. Qui abbiamo bisogno di lui, accadono fatti incomprensibili per me. Marco va di nascosto nella casa mezza crollata, è anche pericoloso. No che non l'ho visto, ma ne sono certa. Non posso sapere che va a fare, suo padre ha qualche idea? Alla fine siamo d'accordo, ci risentiremo presto. Attacco e ho sotto le ascelle due ghiaccioli, in bocca un sospiro di liberazione.

È solo il movimento rallentato e nervoso che svela la figura nera dall'oscurità che la contiene, devono essersi fulminate delle luci. Non smetto mai di spaventarmi oggi, ma è appena un istante, riconosco subito la sagoma esile della vicina e la raggiungo, mentre usciamo dal parcheggio. Non capisco che ci faceva sotto la mia piastra, l'accompagno verso la sua.

– Da dove torni con questo gelo? – le chiedo piano.

– Dal cimitero, – risponde con naturalezza, e la luna le inonda il viso di bianco.

– Non è chiuso adesso?

– Sí, ma faccio un giro intorno e basta. La mattina sto lí. A quest'ora vado solo per darle la buonanotte.

– Allora tutte le sere…

– Sí. Fa molto freddo secondo te?

– Beh, sí… tu non lo soffri?

– Lo sento sempre uguale. Mi preoccupo per la bambina, anche se è ben coperta. Fa piú freddo qui o al cimitero?

– Di sicuro qui, siamo piú esposti alle correnti d'aria.
Là è riparato. E poi c'è il muro di cinta.

– Ah, meno male… anche tua madre l'ha detto.

Una folata di conferma ci soffia addosso la neve caduta
per ultima, ancora instabile. D'istinto le circondo le spalle con il braccio, perché non voli via. Con una pressione
leggera la ruoto sottovento, è cosí docile. Nel salutarla le
sfioro la matassa dei capelli, aridi come la ciocca di Olivia
dentro la mia scatola di carta fiorita.

15

Avevo già paura, la sera del 5 aprile. Mia madre la sentiva nel telefono, ha detto: vieni a dormire qui, al paese. Allora le ho chiesto io se era spaventata, giocando sull'equivoco. No, lei no, fino a quando non le ha tolto la figlia, era disposta a inserire il lungo terremoto nel catalogo delle tante avversità databili della sua vita, come la neve del '56 che li aveva lasciati senza pane, o la polmonite dell'82, che non passava mai. Anche il terremoto non guariva, era un'epilessia profonda della terra insorta da un momento all'altro e non smetteva piú. Sotto di noi le convulsioni si ripetevano da mesi, senza uno schema, una regolarità, ora piú intense, ora appena percettibili, secondo una sequenza disordinata e snervante. A volte una pausa piú protratta dopo una scossa ci illudeva fino alla successiva, piú forte dell'ultima.

Le notti ascoltavo l'attrito leggero delle unghie contro le lenzuola, a ogni respiro, e una specie di lamento nello spessore dei muri, debole e sporadico. Faticavo a prendere sonno nella mia casa abitata da tensioni invisibili, scricchiolii, improvvisi sfarinamenti tra i mattoni delle volte a crociera. Certe mattine trovavo qua e là sul pavimento piccoli cumuli di polvere grossa caduta dall'alto, prima di pulire la prendevo tra le dita e alzavo lo sguardo a confrontare il colore con quello della malta, lassú. Mi sarebbero bastate ogni giorno due ore di riposo dall'angoscia strisciante, un breve intervallo libero, dove nulla poteva accadere. Invece lo sciame colpiva a casaccio, e se volevo sospendere il mio stato di allerta continuo, scendevo nei pomeriggi ormai primaverili al Parco del Sole, a sonnecchiare appoggiata di schiena al tronco di un albero. Seduta sopra il titano prigioniero degli strati geologici, aspettavo che sussultasse, curiosa e sicura per un po' nella quiete rarefatta. Non è mai successo, quando ero lí. Dormiva anche il gigante smanioso.

Alla forte scossa delle undici di sera, Olivia mi ha telefonato fingendosi in pena.

– Vieni, – ha detto. – Io non mi posso muovere, devo aspettare Marco.

Mangiava in pizzeria con gli amici, poi erano scappati fuori, come tutti, e non volevano rientrare subito nelle case.

– Ma tu vieni adesso, non voglio stare da sola, – ha ripetuto.

Conosceva a memoria il mio spavento. Piú furba e delicata di nostra madre, aveva invertito i ruoli in modo da fornirmi il pretesto per raggiungerla e affidarmi alla sua protezione. Ho indossato la giacca e sono uscita, uno spazzolino da denti lo tenevo già in borsa. A piedi avrei impiegato meno di dieci minuti, tagliando per i vicoli. Camminavo in mezzo, lontano dai cornicioni. Sentivo le voci, man mano che mi avvicinavo verso il centro. C'era gente per strada, non per la festività delle Palme, non per l'ultimo bicchiere prima di rientrare a dormire in vista del lunedí lavorativo. Quando mi sono affacciata sul Corso, l'onda della concitazione generale mi ha preso in pieno. Ho proseguito, una donna mi ha urtato senza chiedere scusa, a un ragazzo è sfuggita una moneta dalla tasca mentre estraeva il telefono. Dal rumore mi è sembrata pesante, forse due euro, lui non l'ha raccolta. Mi sfioravano brani istantanei di conversazioni, qualcuno nominava Giuliani che aveva previsto con il suo radon una scossa di magnitudo alta, però a Sulmona. Parecchi erano indecisi tra il letto di casa e i sedili reclinabili delle auto, per quello che restava della notte. Non c'era vento, ma l'aria si muoveva un po', abbastanza fredda. La maggioranza degli aquilani era rimasta negli appartamenti, ci avevano rassicurati. Il sisma esauriva la propria energia nello sciame a bassa intensità, non gli sarebbe bastata per un evento distruttivo.

Olivia mi ha aperto e si è seduta di nuovo alla scrivania nell'angolo, con la luce della lampada centrata sui fogli protocollo a righe. Correggeva i compiti di latino dei suoi ragazzi, in una delle ultime ore di vita.

– Scusa, finisco con questo e sono da te. Non so come, ma copia la versione da Internet, – ha detto.

A differenza del giorno prima, il grande tavolo rettangolare non occupava piú il centro della stanza, Olivia lo aveva addossato a un muro portante, forse dopo la scossa delle undici. Sopra, ordinatamente allineati, uno zaino gonfio, una coperta piegata, una pila, chiavi e cellulare.

Ha finito con quello, l'ho vista scrivere in rosso sul retro del foglio. Ha chiuso i compiti già corretti in mezzo al libro di testo e gli altri li ha lasciati con la penna sopra, ad aspettarla. Gli ha spento la luce ed è venuta verso di me. Le ho indicato il tavolo, con lo sguardo inquieto.

– Se è proprio necessario, siamo pronti per scappare. Ci ripariamo lí sotto e quando smette prendiamo quelle poche cose e via. Calmati, hai sentito l'ingegnere che ci ha controllato le case, hanno resistito a ben altri terremoti.

– Marco quando torna?

– È rientrato due minuti prima di te e si è messo subito

a letto. Non ha paura di niente, questo figlio. Però è meglio tenerle aperte, le porte delle camere –. Ha provveduto con quella di Marco.

– Tu dove vuoi dormire? – ha chiesto sorridendo. – Forse nel lettone con la tua sorellina? – e mi ha scompigliato
i capelli.

– Sei scema... va bene il divano, è grande e comodo.
Prendo solo una trapunta, tanto dormiamo con i vestiti, no?

– Esagerata, sembra che ti stai preparando alla fine del
mondo. Marco di là è in mutande, non si è voluto mettere
neanche il pigiama.

– Scemo come sua madre.

– Piuttosto, per conciliare il sonno, latte caldo o crema
di limoncello?

Latte caldo, l'abbiamo bevuto vicine, sedute in silenzio, con il televisore a volume minimo.

– Non vai a letto? – le ho chiesto.

– Sí, tra poco.

Invece ha appoggiato la tazza e si è tolta gli occhiali,
dopo qualche minuto è scivolata lenta con il busto lungo
lo schienale del divano e la testa già assopita ha trovato
un cuscino. Le ho steso le gambe sopra le mie, a croce, e
l'ho coperta. Piú tardi volevo coricarmi anch'io, piano
piano mi sono insinuata dietro di lei guadagnando uno
spazio stretto, ma soffice e tiepido. A un certo punto si è
raccolta quasi in atteggiamento fetale, e io l'ho circondata con tutto il corpo riproducendo esatte le pieghe del suo
e la reciproca posizione intrauterina, come la fantasticavo
da piccola. L'ho abbracciata, solo con il destro. Nel battito ritmico sentivo una felicità inconsapevole dilagarle nel
cuore. Non so quanto a lungo ho vegliato cosí il suo ultimo
sonno. A un'ora incerta mi sono sottratta e con la giacca
addosso sono uscita sul balcone, richiamata da un presa-

gio acuto. I panni stesi erano perfettamente immobili nel buio, potevo intravedere le loro mezze sagome umane, ma non ho riconosciuto la felpa di Homer Simpson.

Cantavano gli uccelli notturni, uno in particolare ripeteva sempre lo stesso *chiú* monotono. Ho creduto di riconoscere l'assiolo, una volta Roberto ci aveva detto che il suo verso è un Mi bemolle. Nemmeno il tempo di chiedermi che ci facesse un assiolo in centro, hanno taciuto, tutti insieme. Quasi nello stesso istante si sono messi ad abbaiare i cani, in coro, a cerchio, dai palazzi e piú lontano, dalle campagne e dalle frazioni della città. Davano l'allarme per quello che arrivava, nella loro lingua inascoltata. Confusa tra le altre, la voce di Bric da Onna latrava contro la resistenza del suo padrone e io non ne sapevo niente. Di colpo mi ha investito dura l'aria, non il vento, una massa compatta di aria percossa. Sono rientrata con un salto ed è cominciato.

Apro gli occhi senza inoltrarmi nelle tre e trentadue della memoria. Il terremoto mi scuote solo una spalla, con le dita magre ad artiglio.

– È inutile che fai finta di dormire, su quella poltrona. Lo so che sei stata tu –. È arretrato di un passo, sprizza rabbia purulenta dai foruncoli e tutti i suoi riccioli sono puntati contro di me.

– Di che parli? – chiedo mentre mi irrigidisco d'istinto.

– Hai cambiato il lucchetto alla porta di casa mia, vuoi negarlo?

– Non lo nego. Ma tu che ne sai?

– Non ti interessa. Come ti è venuto in mente? – Il cane si è alzato dal materassino nel suo angolo per andargli accanto, guarda a orecchie dritte ora l'uno e ora l'altra, seguendo chi parla. Si capisce da che parte sta.

– Ho scoperto che qualcuno entra ed esce indisturbato *da casa tua*, forse con una copia della chiave, cosí ho cambiato il lucchetto.

– Ma sei un genio! Però non ti devi intromettere, la casa è MIA.

– È pericoloso andare lí, l'appartamento è inagibile. Una parte è crollata e il resto tutto puntellato. Sono responsabile io per te.

– Ma senti questa. Responsabile di che? So badare da solo a me stesso, non mi servi. E adesso dammi la chiave.

– Ora no. Ne parleremo con tuo padre, viene a pranzo da noi domenica.

– Scommetto che è stata tua l'idea di invitarlo. Te lo puoi scordare che ci sarò –. Gira sui tacchi e Bric gli trotterella dietro verso la camera voltandosi un paio di volte a rimproverarmi con gli occhi.

16.

Arriva alle dodici con una torta esagerata per quattro persone, me la consegna sulla soglia e io gli dico: dài, entra. Marco, girato di spalle, risponde al saluto con un ciao quasi impercettibile e non si avvicina. È tutto preso dalla tastiera del telefono, anche un minuto fa, quando gli ho chiesto di aprire, ha scosso la testa e me l'ha mostrato fingendo di parlare con qualcuno. È rimasto in casa controvoglia, ora fa a meno di trovarsi subito davanti al padre.

Roberto muove qualche passo incerto nella stanza, in direzione della figura che si è staccata dai fornelli. Dopo anni tende la mano e il buongiorno alla suocera e lei gli consegna appena la punta delle dita, per un attimo, e un pezzo di silenzio. Dura poco, Marco fa rientrare il cane confinato sul balcone e Bric abbaia verso l'intruso con la violenza riservata a chi gli invade il territorio. Lo sgrido e non mi ascolta, guarda verso l'alto la faccia zitta del padrone, come a chiedere conferma, dimmelo tu se sto facendo bene. Finalmente si calma e se ne va nel suo angolo con la coda tra le zampe, sta per accucciarsi, ma torna indietro di colpo e ringhiando a bassa voce assaggia la caviglia vestita di Roberto. Questa volta lo afferro dal collare e lo butto fuori.

– Lo addestri all'attacco, il tuo cane, – sibilo sfiorando Marco, per nulla turbato.

– Simpatico il volpino da guardia, – sdrammatizza Roberto. Gli offro un prosecco come risarcimento e aperitivo, l'ho preso per l'occasione. Mia madre rifiuta con un cenno appena scandalizzato e torna a finire le cotture, a quanto pare sarò l'unica a condividere il vino con lui, e neanche mi piace. Tocco il suo bicchiere con il mio, richiamati dal suono quegli altri due ci guardano con disapprovazione. Butto giú in un solo sorso il dito di bianco e va di traverso.

Marco mi ruba il solito posto a tavola, per non sedere di fronte al padre. La vicinanza deve comunque sembrargli eccessiva, si chiude nel limite invalicabile dei capelli lasciandosi solo la visuale sul piatto ancora vuoto. Roberto distoglie lo sguardo dalla testa spinosa del figlio e sospira, a disagio. Cerco qualche parola.

– I concerti come vanno?

– Bene, grazie. La settimana prossima saremo in Germania, a Dresda, per uno scambio con la Filarmonica.

La conversazione, invece, non decolla. I pochi suoni che ci sono usciti di bocca sbattono contro ostacoli invisibili e rotolano indietro, distorti. Una resistenza potente è sospesa a mezz'aria. Forse il timballo di carciofi può aiutarci, servo a mio cognato una porzione generosa, a me e Marco una piú piccola, mia madre pensa alla sua. Sembra aver battuto se stessa, la cuoca riservata. Ognuno dal proprio lato del tavolo guarda un momento, prima di tagliarla, la pasta geometrica con i colori a sfumare dal verde chiaro degli strati intermedi, al giallo della sfoglia tirata a mano, al bianco della besciamella che deborda leggermente lungo le pareti. Per un po' si sentono solo forchette e coltelli al lavoro, nell'assenza delle voci umane.

Finché dura la masticazione il peso degli imbarazzi reciproci è sostenibile, poi, nel breve intervallo tra il primo e il secondo, torna a opprimerci.

– Ancora un po' di timballo? – propongo a Roberto.

– Basta, grazie. Era squisito, – dice rivolto a mia madre, che si alza giusto in tempo per non incassare il complimento. Lui tormenta la fetta di pane accanto al tovagliolo, ne stacca un pezzo e lo sbriciola tra pollice e indice. Dopo sposta con i polpastrelli le molliche sulla tovaglia in tutte le direzioni, infine le riunisce e le appiccica in un ammasso unico.

Alle mie spalle il forno si apre sull'ultimo sfrigolio del pollo con le patate, l'odore si diffonde fin qui, grasso e speziato. Di colpo mi torna che Roberto è vegetariano da alcuni anni e ricordo pure Marco e la nonna intenti a confabulare ieri pomeriggio sul pranzo di oggi. Noi ci siamo scordate che l'ospite non mangia carne, ma lui, lui no, di sicuro Marco l'ha fatto apposta. Mi pare di sentirlo chiedere un pollo ruspante con quel tono ruffiano e irresistibile.

In frigorifero trovo verdure di stagione già lessate, le ripasso in padella e le servo a mio cognato insieme a un piatto freddo di formaggi locali rimediati al momento. Intanto la suocera si scusa anche lei della dimenticanza, forzando la gola stretta.

– La memoria comincia a tradirmi... – si giustifica contrita.

– Non si preoccupi, la mozzarella è ottima, – la rassicura Roberto, forse senza sentirsi ridicolo mentre ricomincia a darle del lei come il primo anno che veniva a casa nostra in cerca di Olivia, con il motorino smarmittato preso a prestito. Marco assiste impassibile, per una volta si applica con appetito a un coscio e poi all'altro fino a lasciare nel piatto i due ossi perfettamente ripuliti. Ha aperto al cane ora pacifico e gli passa qualcosa sotto il tavolo, dove Bric gli lecca le dita unte prima di agganciare il boccone tra i denti.

– Se gli dai le croste del formaggio ti diventa amico, – suggerisco a Roberto indicando il quadrupede. Marco mi fulmina con uno sguardo indispettito e brucia il padre sul tempo, – qua Bric, – chiama, e lo fa uscire di nuovo.

– Ah, dimenticavo, ho incontrato Irene per le scale, a Roma, e mi ha chiesto di salutarti, – tenta ancora Roberto verso il figlio.

– Non conosco nessuna Irene, – risponde sgarbato.

– Ma sí, quella del terzo piano...

– Non me la ricordo.

– Adesso è alle prese con le aquilane, – interviene a sorpresa mia madre con una prova di sorriso per l'ospite. Ora le sta facendo pena, la conosco. Dopo un momento però ridisegna l'abituale curva dolorante delle labbra, quasi pentita di aver concesso troppo all'uomo che ha abbandonato sua figlia. – Se fosse rimasto con lei, non sarebbe tornata a L'Aquila, a morire, – le è sfuggito una volta con la fioraia davanti al cimitero, ma sottovoce, come parlando a se stessa. Di questo è accusato Roberto, dentro di noi. A tutti e tre serve un mezzo colpevole della perdita inconcepibile.

A Marco serve anche il padre.

La scossa lo coglie debole e impreparato, strilla oddio e salta in piedi, la sedia si rovescia all'indietro. Sbianca e in un attimo il sudore gli bagna la fronte. Ci guarda interrogativo e ansimante, uno alla volta, incredulo della nostra calma.

– Non ti preoccupare, l'unico pregio di queste case finte è che sono sicure, – lo tranquillizzo.

Il tintinnio dei bicchieri nella vetrinetta si estingue, Marco allunga il braccio e ferma l'oscillazione del lampadario.

– Tre punto due, – sentenzia, e a Roberto, sprezzante: – Hai fatto piú rumore del terremoto.

Si alza, contorna il bordo del tavolo che li divide e gli raddrizza la sedia.

– La torta non la voglio, – comunica secco dirigendosi verso la sua stanza.

Il padre si rimette giú, umiliato e smorto. Alle sue scuse la suocera risponde che non c'è bisogno, noi siamo abituati, lui no.

– I primi tempi reagivamo peggio di te, – gli confermo. – Se il pavimento vibrava al passaggio di un camion pensavamo a una scossa.

Nessuno ha voglia di dolce, lo mangiamo per cortesia reciproca. Roberto fissa impotente la porta chiusa del figlio prima di abbassare lo sguardo sulla millefoglie artigianale della famosa pasticceria romana. Da come atteggia la bocca sembra alle prese con una crema di fiele.

Dopo non riesce nemmeno a salutarlo, Marco appare sprofondato nel sonno quando entro a vedere perché non risponde, ma il suo abbandono ha qualcosa di innaturale.

– Lo sveglio? – domando incerta.

– No, lascialo stare.

Non poteva trattenersi oltre, deve partire. Non abbiamo parlato di niente che riguardi il ragazzo, ha detto che domani lo chiama e cercherà di incontrarlo al piú presto.

Mia madre si muove lenta e zitta a rassettare, io lavo i piatti. Piú tardi si concede alla poltrona, appoggia la testa allo schienale come esausta, svuotata. Certi giorni invecchiano piú di una vita. Le guance, l'umore hanno ceduto verso il basso. La costruzione che ha faticosamente eretto e puntellato in tre anni sembra lí lí per implodere, snervata dalla visita di oggi. Se mi avvicino nasconde le mani e il tremito non tanto leggero che le agita. Prendo in prestito la sua lingua cattolica e le chiedo se è riuscita a perdonarlo, Roberto.

– Dio mi dà la forza, per Marco, – risponde cattolica senza entusiasmo. – Se fosse rimasto, non sarebbe tornata qui a morire, – aggiunge poi con un livore inibito nella voce, ripetendo a se stessa l'eterna recriminazione.

17

È morta del suo ritardo.

Il frastuono si era attenuato, reso elastico dal moto ora ondulatorio della casa che non sussultava piú. Qualcuno aveva diminuito la velocità del frullatore matto che ci conteneva. Le piastrelle del pavimento sollevate da bolle d'aria avevano smesso di saltare con versi di papere allegre. Lo specchio a parete sembrava caduto e infranto già da molto tempo e i mobili finivano di sbattersi selvaggi contro i muri. Si addolcivano anche le onde sotto il tavolo dove ci eravamo rifugiati, e la nausea, il capogiro, la stretta alla testa. Il terremoto doveva essersi fermato, continuavamo a oscillare per inerzia. Marco non urlava piú e io non provavo da qualche secondo l'imminenza fisica di sprofondare. Eravamo ancora lí, in ginocchio e con le mani a terra. Olivia ce le aveva tenute con tutta la sua forza, la mia da una parte e quella del figlio dall'altra, contrastando le spinte alterne e i risucchi dal basso. Solo un momento mi aveva lasciata, per allungare il braccio fin sopra il ripiano di legno in cerca, a tentoni tra i calcinacci precipitati, degli oggetti pronti dalla sera prima. Li sentivamo rotolare di qua e di là sulle nostre teste, nel trambusto generale.

È stata la prima a uscire dal riparo. Ha trovato, tastando intorno, la torcia caduta e con il fascio di luce la coperta, che ha messo sulle spalle di Marco, lo zaino e le chiavi, che ha affidato a me. A ripensarla, sembrava proprio un'insegnante intenta a dirigere la prova di evacuazione, con una gravità superiore alla norma. Nel silenzio precario strideva un rumore discontinuo di corda tesa fin quasi allo strappo, un attrito di mille denti arrotati in qualche punto delle murature sconvolte, verso l'alto. Avrei capito piú tardi che si trattava della trave maestra, prossima ad abbattersi. Già in bilico, aspettava Olivia.

– Adesso dobbiamo andare, – ha detto. La corrente era saltata, ci ha indicato con la pila il percorso verso le scale, sul pavimento ingombro. Marco davanti, ancora a piedi nudi, ha gridato su un pezzo di vetro. Sul primo gradino lei mi ha ceduto il passo accompagnandomi la schiena con il gesto e la voce: scendi insieme a lui, presto.

– E tu? – mi sono fermata.

– Prendo solo due cose e arrivo, vai con Marco.

Il nome del figlio è stata la sua ultima parola.

Il terremoto aveva bloccato il portone, in due non ce l'abbiamo fatta ad aprirlo, ma si poteva passare da una finestra senza grata. Siamo usciti nella polvere buia che tardava a posarsi, io e mio nipote scalzo, in maglietta e mutande, con la coperta addosso. Abbiamo subito guardato verso il balcone indistinguibile della casa.

– Quanto ci mette? – ha strillato Marco. Ci metteva il tempo necessario a cercare per lui un paio di pantaloni e uno di scarpe, sei ore dopo i Vigili del Fuoco l'hanno trovata cosí, con i jeans lunghi lunghi vicino alle dita aperte. Voleva risparmiargli il freddo e il disagio di presentarsi agli altri terremotati con quelle gambe secche e già pelose che spuntavano dai lembi della lana. A Marco non lo dirò mai.

– Sbrigati, vieni, – ha urlato verso il primo piano. Poi una nuova breve scossa e lo schianto, dentro. Lui l'ha chia-

mata due volte, erano latrati. Ho seguito il suo guizzo di
pesce che scavalcava la finestra al contrario e risaliva i gradini senza badare ai morsi sotto le piante dei piedi. Sopra,
dopo qualche passo, siamo caduti di faccia sulle macerie.
L'ha chiamata, ancora, le ha chiesto dov'era. Si è attaccato con le mani a qualcosa, troppo pesante per riuscire a
spostarlo. Allora via da un'altra parte, alla cieca nell'oscurità, fino a trovare forse un mattone, due, tre, e gettarli
dietro di noi. Ho scavato con lui e l'ho chiamata anch'io,
a lungo. In cambio nessuna voce, lamento, respiro. Il suo
nome non veniva ricevuto, sotto tutto quel peso.

Marco si è fermato, ansimando. Una calma paradossale
è scesa per qualche momento.

– Dobbiamo andare a chiedere aiuto, – gli ho detto.

– Vai tu, io resto qua.

– Dobbiamo andarci *insieme*. Non mi muovo se non
vieni.

– Non hai il telefono?

– Ce l'ho in tasca, ma non funziona.

– Può darci luce, però.

Non c'era niente di lei in superficie, lo stesso. Marco si è convinto che da soli non potevamo farcela e siamo
usciti di nuovo.

– Ho perso la coperta della mamma, – ha detto guar-
dandosi addosso.

– So dov'è, te la prendo –. Un attimo prima ero in-
ciampata in qualcosa di morbido vicino alla finestra da
scavalcare.

Mi sono assicurata delle chiavi di Olivia dentro la tasca
e ci siamo diretti verso l'auto, veloci. Solo allora ho sentito
l'aria gelida e i suoni del nostro mondo ferito a morte. Le
sirene delle ambulanze. Urla, pianti, invocazioni di aiuto,
voci concitate da ogni strada. Le pale degli elicotteri so-

pra la città. Ho avuto paura che quel minimo spostamento d'aria la sprofondasse per sempre, con noi.

Una figura barcollante di uomo ci precedeva nella via, in pigiama e pantofole, con la testa tra i pugni stretti. Si è voltato un attimo e ho intravisto i suoi occhi. Lo avevo incrociato spesso passando da Olivia. Non ci siamo detti una parola, forse non ha neppure riconosciuto Marco. Piú avanti camminavano due donne sorreggendosi l'una con l'altra sotto lo stesso scialle, evitavano le macerie con i piedi e a tratti le sentivo gettare lamenti.

Ci siamo fermati alla macchina. Nell'abitacolo il solito buffo pupazzetto appeso allo specchio retrovisore, ignaro. Solo un parasole si era abbassato e l'ho rimesso a posto, ma quello era proprio un po' difettoso. I tergicristalli hanno pulito a fatica i vetri come coperti di neve sporca e secca, espulsa dai muri liofilizzati.

Allora ci ha invasi tutta insieme l'alba di un giorno spietato.

Non sapevamo dove andare e Marco, uguale a una statua, sembrava non avere piú fretta. Mi sono accostata a un mezzo dei Vigili del Fuoco e ho chiesto un intervento urgente in via del Drago.

Mia madre ci ha raggiunti, non so in quale modo. Era riuscita a chiamarmi, dopo molti tentativi, e le avevo detto che stavamo lí, sotto casa di Olivia. I soccorritori non ci hanno lasciati entrare, potevamo sentire il rumore della ricerca e le voci, sopra. A momenti mi illudevo che mia sorella rispondesse, almeno a loro, ma erano sempre gli uomini a parlarsi per coordinare le operazioni.

Abbiamo atteso, alla distanza di sicurezza raccomandata, con gli occhi fissi sul portone che avevano riaperto e puntellato. Marco, seduto per terra, si dondolava avanti e indietro con il busto stringendosi le dita di una mano nell'altra e viceversa. Il colore della pelle sulle falangi virava di attimo in attimo dal violaceo al bianco cadaverico. Qualcuno della Protezione Civile gli aveva dato una seconda coperta per le gambe e i piedi ancora nudi. Piú tardi ci hanno offerto del tè caldo, ma non ne avevamo voglia. Non so a chi ho chiesto una sigaretta e non fumava, comunque meglio di no, ha detto, potevano esserci perdite di gas in giro. Verso le otto è venuto fuori un vigile con gli indumenti e le scarpe sportive di Marco, lui le ha calzate subito e ha cominciato a camminare su e giú nel raggio di pochi metri. La nonna lo seguiva con lo sguardo tenendo i palmi giunti e un tremito leggero sulle labbra, forse una preghiera inarticolata.

Un po' prima delle dieci è uscito l'uomo piú anziano, il caposquadra, credo. A parte gli occhi protetti dalle lenti e la linea della bocca, il suo viso era una maschera di polvere dall'espressione indecifrabile. Si è tolto il casco dai capelli appiccicati di sudore e ha allargato le braccia. Da dentro, ha fatto portare una sedia per mia madre. Allora lei ha dovuto capire. Sopra non si sentiva piú nessuno scavo in corso. Dopo qualche minuto hanno portato anche Olivia, già chiusa nel sacco salma. L'hanno deposta davanti a noi, su una barella. Non poteva piú sorprenderci. Su quello avevamo contato, fino all'ultimo.

18.

Quando è arrivato Roberto, la stavano già portando via, con l'ambulanza a sirena spenta. Non hanno acceso neanche il lampeggiante, non c'era nessuna urgenza. Solo gli stop si sono arrossati per effetto del freno, giú all'incrocio con la traversa. Li avrà visti anche lui, gli ho fatto un cenno della testa in quella direzione la seconda volta che ha chiesto di Olivia. Alla prima nessuno di noi aveva risposto.

Ha preso il figlio per le spalle e Marco si è lasciato stringere, passivo e inerte nell'abbraccio del padre. Roberto gli raccontava fitto e un po' in affanno che si era messo in viaggio subito dopo la scossa, avvertita anche a Roma, ma non era riuscito ad arrivare prima per i posti di blocco.

– Noi due andiamo all'obitorio, – gli ho mormorato nell'orecchio piú lontano dal ragazzo, indicando mia madre gettata sulla sedia, in mezzo alla strada. Forse non l'aveva ancora riconosciuta, e comunque non ha osato avvicinarla.

– E dov'è *adesso* l'obitorio? – mi ha chiesto Roberto sottovoce.

– Non lo so.

– E allora dove andate?

Ignoro come mi è uscita la voce per scambiare quelle quattro parole, la sentivo sgorgare aliena da un luogo interno scisso e automatico, una trascurabile zona franca ai margini del lutto appena sceso. Quanto a Marco, si abban-

donava inconsapevole al padre, gli lasciava in quei primi
momenti la guida del suo corpo filiforme e devitalizzato.
Spostiamoci di qua, è piú sicuro, diceva Roberto, e lui ob-
bediva spento e docile alla pressione leggera della mano.
Si è tenuto persino una caramella che l'altro gli ha messo
in bocca, preoccupato del lungo digiuno, ma si vedeva che
ce l'aveva ferma sotto la lingua, senza succhiarla, come un
sassolino insapore finito lí per caso. Ancora non mi spiego
la sensibilità degli occhi a questi dettagli laterali, mentre
sollevavo mia madre dalla sedia e l'accompagnavo verso
la macchina. Un uomo che trascinava una valigia a testa
bassa ha interrotto il rumore delle rotelle sul selciato e ci
ha ceduto la strada.

La sera stessa del 6 aprile Marco ci ha salutate, seguiva Roberto a Roma. Sono tornati il giorno dei funerali di
Stato, Olivia era in una delle duecentocinque bare allineate
sul feltro rosso, proprio accanto alle due sovrapposte, la
piccola cassa bianca di una bambina su quella di legno scuro della sua giovane mamma. A metà cerimonia mi sono
ritirata in disparte appena in tempo per vomitare sotto il
cielo variabile quel vuoto acido che avevo nello stomaco.
Ho asciugato le labbra con il dorso della mano e ho ripreso posto vicino a mia madre e a Marco, nella prima fila dei
parenti delle vittime, bersagliata da fotografi e operatori
televisivi. Roberto era subito dietro di noi, ogni tanto si
allungava a stringere il braccio del figlio.
Dopo ci ha lasciati soli e abbiamo trascorso un paio d'o-
re noi tre insieme, ma non sapevamo dove andare. Non
in una casa, inagibile anche la mia e quella di famiglia al
paese, non nella tendopoli che ci ospitava, non avevamo
nulla da offrire a nostro nipote. Allora siamo stati un po'
in auto e quando il silenzio si è fatto insopportabile l'ho

avviata, giravo alla cieca. La nonna ha insistito con le poche forze perché gli comprassi un panino e una bevanda in
un chiosco e lui ci ha provato, ad accontentarla, staccando
piccoli bocconi che poi non riusciva a deglutire. Si è arreso
e ha richiuso il cibo nel sacchetto di carta, lo ha poggiato
nello spazio libero della panchina dove ci eravamo seduti.

– Che fai a Roma? – gli ho chiesto.

– Niente, sto dentro.

– Tuo padre mi ha detto che ti ha iscritto a una scuola
del quartiere.

– Sí, l'ha detto anche a me.

– Quando pensi di cominciare?

– Non lo so, forse la prossima settimana.

– Mangia, mi raccomando –. Questa era la nonna.

Roberto lo ha chiamato e in pochi minuti ci ha raggiunti. Dovevano ripartire.

Al campo ristagnava già l'odore della carne in cottura per
la cena, ho dovuto reprimere i conati. Abbiamo rifiutato
il colloquio con lo psicologo e ci siamo stese sulle brande,
incapaci ormai di sostenere la posizione eretta e il dolore.
Piú tardi una donna ci ha offerto un po' di minestra, non
l'ha voluta nemmeno mia madre, nemmeno per cortesia.
L'ho accompagnata ai bagni chimici e le ho contato le gocce, poi abbiamo vegliato Olivia una notte ancora, ma non
era lí, tra le grida nel sonno e i fiati pesanti. Al mattino
abbiamo sentito svegliarsi una alla volta le vite degli altri,
li abbiamo sentiti che sbadigliavano stirandosi nella penombra e ripassavano il freddo, gli incubi, l'organizzazio-
ne militare della tendopoli, come se fosse cosí importante.
La puzza di piedi si è improvvisamente attenuata quando
il proprietario ha messo le scarpe troppo vissute. Notavo
tutto e tutto era lontano, insensato.

Non potevamo prevedere quando avremmo rivisto Marco. Alle nostre telefonate rispondeva silenzi e monosillabi: no, sí, non lo so. Però c'era e non aveva fretta di riattaccare, espirava angoscia sul microfono e certe volte ascoltavo per qualche minuto i soffi regolari, senza dire niente. Non nominava mai il padre, e se gli chiedevo io di Roberto, ammutoliva. Si stava già guastando, tra loro.

Nel campo eravamo deportati di lusso, venivano cuochi famosi a cucinare per il nostro scarso appetito e i politici a visitarci, con i vestiti sportivi adatti alla circostanza e le facce atteggiate a solidarietà. Le telecamere li filmavano sullo sfondo blu delle tende mentre prendevano impegni per una pronta rinascita dell'intera area colpita dal sisma e lodavano il coraggio e la dignità della popolazione cosí duramente provata. Me ne andavo a camminare fuori, per non ascoltarli, o me ne stavo sulla branda. La sera spettacoli e concerti per noi, tutti gratuiti. Non avevamo molta voglia, la maggior parte del pubblico veniva da altrove. Grazie al terremoto sono scesi alle nostre latitudini personaggi che mai avrebbero pensato di esibirsi a L'Aquila, ma nessuno pernottava, poi. Rientravano a Roma, al riparo dalle scosse continue e dai disagi.

Nessuna notizia del mio laboratorio, avevo mandato un amico a chiuderlo con un lucchetto, ma non se l'era sentita di entrare a vedere. Mi ricordavo ogni tanto dei colori, e il movimento del polso dietro al pennello.

Dopo qualche settimana ho pregato mia madre di trasferirsi in uno degli alberghi disponibili sulla costa adriatica, non ha voluto saperne. Si riteneva *fortunata* per quella tendopoli cosí vicina al cimitero, ci arrivava in due passi e trascorreva lí tutto il tempo, sulla tomba nuova. Non ho potuto insistere, ero la prima a non voler lasciare la città.

Al freddo è seguito di colpo il caldo estivo, senza mezza

stagione. Già al mattino non si respirava, dentro, in attesa dei condizionatori bisognava uscire e inventarsi qualcosa: dove ti metti, che fai. Un anziano ha liberato il posto accanto a mia madre, se ne andava a Milano dal figlio, ha detto quando ci ha salutati. Ogni giorno lo avevamo visto telefonare alla moglie deceduta il 6 aprile, non conoscendo l'uso della rubrica componeva il numero cifra per cifra sulla tastiera dalle scritte grandi, con le vecchie dita attente a non sbagliare. Coltivava la folle speranza che prima o poi gli rispondesse lei in persona al posto della signorina registrata che la dichiarava irraggiungibile.

Lo ha sostituito un uomo sui quaranta, dall'aspetto un po' losco. Si svegliava presto e spariva senza un buongiorno per rientrare con il buio. Alcuni vociferavano di strani traffici, dicevano che era stato cacciato da un altro campo. Solo una notte è rimasto tranquillo, tutte le altre si masturbava con grugniti di cinghiale infoiato. Non reagiva alle proteste, ma una sera ha estratto un vistoso coltello a serramanico e ci si è pulito accuratamente le unghie, sotto gli occhi di tutti. Il responsabile della Protezione Civile ha promesso di risolvere al piú presto. Poco prima che il nostro vicino venisse allontanato, mia madre ha ceduto all'ennesimo invito della sorella residente a Caserta.

Da lí chiamava sempre alla stessa ora, me e poi Marco. Mi chiedeva subito se *quel porco* era ancora nella *nostra* tenda. Ho risposto di sí per un paio di settimane, per farla riposare. Raccontava che stava bene ed erano molto gentili con lei, ma le sentivo dalla voce il sapore di sale nel pane dei parenti. L'ultima raccomandazione era cibo per me e fiori freschi a Olivia.

– Non ti preoccupare di papà, a lui glieli metto io adesso che torno, – diceva in tono accorato. A ricordarla oggi, la sento anche buffa nelle sue discriminazioni floreali.

Ha pianto quando ha saputo in una volta sola che *quel porco* non c'era più e che ci avrebbero assegnato un alloggio del Progetto C.A.S.E. Ha telefonato il giorno dopo a un'ora insolita, mi stava già aspettando alla stazione.

19

Olivia chiama da lontano e non riesco a vederla. Bagliori metallici mi accecano mentre attraverso un deserto di roccia grigia sotto il sole acido e verticale. Il mio nome invocato sembra provenire da un punto esatto lungo la linea sfumata dell'orizzonte, gli vado incontro tagliando le onde tremolanti dell'aria torrida. Sudo gocce di mercurio e rotolano a terra senza bagnarla. Quando credo di essere quasi arrivata, il suono Caterina rimbalza dalla parte opposta e si ripete piú affranto, con una nota di rimprovero per il mio ritardo. Provo a correre, con le forze spezzate dalla calura, di nuovo il richiamo si lascia avvicinare e si sposta crudele e poi ancora, di eco in eco. Non so piú dove dirigermi, giro in tondo, fallisco la ricerca. E la voce intanto regredisce negli anni, da adulta in giú, torna bambina, neonata, primo vagito, silenzio definitivo. È partorita all'inverso nel vuoto di un utero maligno e invisibile, muore di una morte abbagliante. Cado in ginocchio sulla pietra arsa e mi sveglio. Da una stanza che non localizzo nel volume della piastra, mi accoglie nella realtà la solita tosse secca e insistita.

L'incubo ricorre nelle notti da quando ho ritrovato i sogni, molti mesi dopo il terremoto. Non mi abituo mai, lascia la gola asciutta per colpa e impotenza, un sapore vago di sangue. Bevo dalla bottiglia sul comodino, accanto l'orologio luminoso dice un quarto alle tre. La maglietta intima di Olivia che indosso la sera è appena umida sulla pelle, si asciugherà piano piano nelle prossime ore dentro il letto. Ne ho rubate due tra i suoi indumenti e le alterno, mia madre non sa di chi sono o finge di niente.

Non il minimo rumore dalla camera a fianco, dove Marco è perso nel sonno immenso degli adolescenti. A occhi aperti aspetto di svegliarlo alle sei, oggi va in gita scolastica. Immagino con una fitta di angoscia l'autista del pullman, spero riposi abbastanza prima di mettersi alla guida e non passi al bar durante la visita dei ragazzi al museo. Olivia riderebbe di me e delle mie paure, la vedo che scuote la testa e dice: non cambi mai.

Questo scorcio cosí nero della notte è sempre dedicato a lei, mi manca senza pietà mentre dorme il dolore degli altri due. Non occorre nascondermi, potrei anche piangere, se venisse. Le offro la mia insonnia, qualcuno deve restare a vegliarla, a rivolgere pensieri verso la solitudine indecifrabile dove sta, dove *non è*. Come per un tacito accordo, nostra madre copre il turno di sera, a volte la sento girarsi e rigirarsi tra le lenzuola dopo aver esaurito il repertorio muto delle preghiere. Allunga il braccio nel buio e prende un fazzoletto a memoria, le sfugge un gemito breve. Non so a che ora cede e lei non sa quando mi sveglio dal poco sonno che condividiamo. Mi accompagna in sottofondo fino all'alba il sibilo leggero e ritmico del suo respiro placato.

Passo il tempo a spiare la fosforescenza dei minuti che cambiano lenti e poi accelerano all'improvviso verso le tre e trentadue. Di nuovo stringo le palpebre per la durata della scossa e riprovo la polvere in bocca. Ogni notte Olivia ripete come muoverci, quando la casa si ferma, dice a me e Marco di scendere, che lei arriva subito. Ogni notte tento di scardinare l'irreversibile, girando nella mente finali alternativi. Di solito obbligo la trave alla resistenza grazie ai lavori di rinforzo che l'ingegnere della mia fantasia, piú prudente di quello vero, ha fatto eseguire. Oppure crolla un attimo dopo che Olivia ci è passata sotto, con i pantaloni e le scarpe del figlio in mano. O rimango io coraggiosa a prenderli e mando avanti lei a salvarsi con Marco.

Potevamo scambiarci la morte, come ci siamo sempre scambiate i vestiti, i libri, le occasioni. La sua vita sarebbe stata piú utile, avrebbe cresciuto il ragazzo. Gli avrebbe curato l'acne e la fatica di diventare adulto. La crema seboregolatrice giace abbandonata sulla mensola del bagno, dove gliel'ho messa, ormai prossima alla scadenza. Da me non la vuole o io non so *come* dargliela.

– Quando sarò zia? – mi aveva chiesto Olivia alla sprovvista, qualche giorno prima del terremoto.

– Quando trovo il padre –. Avevo risposto la solita scusa, bugiarda, ma convincente anche per l'aspirante nonna. Invece non ne ho mai voluti di bambini, non mi sono mai creduta capace di provvedere a un altro, già è troppo stare in piedi da sola.

– È vero, – aveva aggiunto pensando a Marco con un sorriso, – che poi arrivano a questa età ingrata e quasi ti penti di averli partoriti, ma vale la pena.

Ci ha lasciato in eredità un adolescente, con lui annaspo. Un momento mi mostro rigida, subito dopo sono colpevole e gli cedo sotto il peso del *suo* lutto. A tavola mi guarda di rado, seduta al posto della madre. Quando i nostri occhi si incrociano, abbasso la testa nella vergogna di essere lí, viva per sbaglio davanti a lui.

Deve alzarsi ormai. Chiudo la porta sul muso del cane e indugio un po' nella sua camera, accolta dall'odore umano. Non lo vedo mai cosí da vicino, osservo il volto pallido e scabro alla luce della lampada. Alcuni brufoli si sono rotti e il pus è incrostato intorno ai peli della barba nascente. Tra i baffetti brillano minuscole gocce, come rugiada nell'erba. Sudata è anche la fronte, alla radice dei capelli, prima che diventino ricci. Mi accosto alla bocca schiusa e secca, sa di mucose profonde a digiuno. Gli sfioro la testa in una specie di carezza, irradia calore. Subito ritraggo la mano, spaventata dal mio gesto.

Una zampa potente di Bric alla porta salva la gita, apro e lascio che sia lui a svegliare il padrone. Dopo lo accompagniamo al pullman, gli altri sono già lí pronti, euforici. Rash sfoggia una cresta rosso naturale sopra il cranio rasato di fresco, non gli immaginavo tutte quelle lentiggini sul cuoio capelluto. Alza il mento interrogativo verso lo zaino di Marco che lo rassicura con un cenno di assenso, chissà cosa si portano dietro. Uno che non conosco abbraccia mio nipote per il collo e gli parla fitto all'orecchio, poi sghignazzano in direzione delle compagne già truccate alle sette di mattina. Ormai i bagagli sono tutti stivati nella pancia del pullman, l'autista consulta l'orologio. Aspettano il solito ritardatario e quando arriva viene accolto da un'ovazione.

Al momento di salire Marco prende in braccio il cane e riceve una leccata tra le risate dei ragazzi, poi lo consegna alle mie, di braccia, e dice ciao zi'. Gli altri salutano le madri apprensive o i padri assonnati, guardo invidiosa per lui il gruppo compatto dei genitori senza mescolarmi a loro. Sono cosí diversi dalla nostra famiglia amputata, indossano maschere soddisfatte per la media alta dei figli, le tragedie scampate.

Bric vuole tornare a terra e guaisce piano, una specie di cigolio. Anche la mamma di Andrea è rimasta in disparte, ci sorridiamo appena, la trovo un po' piú sciupata. Vorrei invitarla per un caffè al bar qui vicino e invece rinuncio, non saprei cosa dirle. Sono andata un pomeriggio a riprendere Marco da Andrea, la scorsa primavera. Loro abitano in un M.A.P.[3] a Villa Sant'Angelo, e i M.A.P. sembrano baracche di plastica, ma c'erano i vasi con i ciclamini e l'erba curata, fuori, un gatto bianco impegnato dal primo moscone. Dentro, la presenza ingombrante di un padre senza neanche il lavoro, dopo il terremoto. Non esce mai da quei pochi metri quadrati, me l'ha detto Marco un giorno che aveva voglia di parlare.

[3] Modulo Abitativo Provvisorio.

20.

Ieri mattina ho sentito un sollievo passando davanti alla sua camera vuota. Stavo per entrare, ma mia madre mi
ha preceduto con le lenzuola sulle braccia e l'intenzione
di pulire. Per parte mia gli ho messo in lavatrice due paia di
scarpe sportive e le ho guardate un po' girare e sbattere
contro le pareti del cestello. Quando lei ha finito, ho chiuso la stanza. Bric si è accucciato davanti alla porta e non
ha voluto le crocchette, alla fine mi sono arresa e gli ho
aperto. Con l'andatura di chi ha preso legnate sulla schiena ha raggiunto lo scendiletto e si è steso a soffrire. Gli
ho concesso la notte lí, per ricordare al suo olfatto almeno
i piedi dell'adorato.

Invece a me non manca. Partito lui, mi muovo nella leggerezza dimenticata, in una sospensione della gravità. Ho
tre giorni di vacanza sulla luna, mentre mio nipote è in gita a Firenze e dintorni. Nemmeno il pensiero di Olivia mi
riporta a terra, magari con un senso di colpa, anche vago.
Non c'è nulla che possa fare per Marco, qualsiasi accidente combini o gli accada. Altri devono occuparsene, io sono lontana e mi riposo dalla responsabilità. L'elastico che
sempre mi cintura il cuore si allenta e il battito rimbomba sano nel petto. Torno la ragazza della vita precedente,
presa solo da se stessa. Mia madre non ha bisogno, è sopravvissuta e prega il suo Dio, esegue il rituale quotidiano
delle cure tombali. Sono libera per me.

Compro un paio di ballerine rosso sfacciato in vista della primavera che non vuole venire. Da quattro anni, ormai, non desideravo qualcosa di nuovo da mettere addosso. In laboratorio apro la scatola e tocco la pelle odorosa, cosí liscia e morbida. Allineo un passo dopo l'altro guardando compiaciuta le scarpe, mi siedo e le agito come pinne fiammanti nell'aria. Le ripongo vicine, in senso inverso, e richiudo nell'attesa di un'occasione per calzarle.

Non è mio figlio. Marco e io non ci apparteniamo. E se una gemella doveva morire, non ho voluto essere io la superstite. La lotteria del terremoto ha estratto a caso e li ha spaiati, Olivia e la sua creatura. Ha salvato me, e a volte ho nostalgia della fine che mi è stata negata. Non sono madre, lui non è frutto di questo ventre magro. È un altro, nato da un'altra quasi uguale a me. Io non lo amo, spesso non lo amo, quando rientro a casa e annuso la sua presenza sento subito un disagio nello stomaco e poi cado sotto gli spari dei suoi occhi. Mi spaventa, come l'enormità del mio compito. Dovrei essergli mamma di scorta. Invece sono ancora la supplente di prima nomina incapace di affrontare la classe turbolenta.

Nessun aiuto da Olivia. Dal suo irriducibile altrove non piovono segni. Resta separata, non getta una voce in questo al di qua di vivi lasciati. Abbiamo perso il contatto, e lei la magia.

Mi è difficile accettarlo. I nostri cicli mestruali erano sincroni, come certe sensazioni. Cosí fanno i gemelli. Da quando Olivia è scomparsa non una goccia di sangue è piú colata dal mio utero. Lei si è estinta tutta con il suo corpo visibile, non mi parla, non si manifesta, indifferente alle solitudini dei rimasti.

Anche il padre ha paura, con Marco. Ogni tanto muove verso di lui qualche passo goffo, subito pronto a retroce-

dere in caso di reazione contraria. Se l'aspetta, parte già
sconfitto, già indesiderato. Telefona per chiedergli di passare una giornata insieme, a Roma o a L'Aquila, ma nel
tono dimesso passa la profezia del rifiuto e il figlio l'av-
vera. Conosco quella voce di Roberto, di gatto lagnoso. Il
suo tiepido affetto si adatta alla rinuncia, alla mancanza
di chi non sa trovare. L'interesse per Marco è reale e per-
dente, ripiega come una truppa indebolita dal timore di
battaglie mai combattute.

Ma oggi io voglio tutti dimenticarli. Sorprendo la mia
amica Silvia invitandola a uscire, dopo che lei ha provato
mille volte a stanarmi. Fa freddo, tanto per cambiare, ma
decido lo stesso per le ballerine, con i pantaloni neri e le
calze pesanti. L'appuntamento è davanti al Boss, Silvia mi
abbraccia e ride scostandomi i capelli. Entriamo nell'odore antico della cantina: sugheri e legni imbevuti di Montepulciano, salumi e pizza bianca, fumo non piú. Da anni
si esce su piazzetta Regina Margherita a gelarsi intorno
alle sigarette. C'è poca gente a quest'ora del pomeriggio,
qualche pensionato gioca a carte e due donne si parlano
fitto. Silvia è una cliente abituale, si ferma un momento
con uno dei proprietari al banco dove sono già esposte le
uova sode da accompagnare al vino. Ci sediamo in disparte e lei ancora mi guarda e scuote la testa.

– Ormai ti avevo messo persa, – sospira accarezzando i
nomi incisi sul tavolo con il temperino. – Non mi sembra
vero di rivederti al Boss.

– È da molto che non vengo, – confermo con un'occhiata circolare. – Almeno qui è rimasto tutto uguale a prima.

– Il giorno dopo il terremoto, circolava la voce del crollo
della cantina. Allora ho pensato che L'Aquila era proprio
alla fine. Ma il Boss aveva resistito, per fortuna.

Tace all'improvviso ricordando la *sfortuna* di Olivia, si sente indelicata per quello che ha detto. So come succede, ho imparato a leggere nei volti piú o meno spensierati di chi non ha conosciuto il lutto l'imbarazzo per quello degli altri. Potrei risponderle che non m'importa poi molto dello storico locale e invece sorrido come a scusarla e passiamo oltre.

Dopo i soliti bicchieri di rosso con i tarallucci croccanti, ci portano focaccia e frittata, l'inimitabile frittata del Boss, con i grani di pepe tritati grossolanamente in mezzo. Li schiaccio tra i denti e me li godo sulla lingua, mangio con l'appetito di quando venivamo qui alla fine delle lezioni all'Accademia. Stanno arrivando gli studenti universitari, in pochi minuti l'enoteca è piena, salgono il vocio e la temperatura. Silvia ordina altri due panini, prima che finiscano. Al centro della sala un certo Danilo annuncia che per festeggiare il suo compleanno disegnerà un tatuaggio con l'henné a tutti i presenti, su una parte del corpo scelta da lui. Prese dalle chiacchiere ce ne dimentichiamo, finché il ragazzo arriva al nostro tavolo, attorniato da un seguito di curiosi piuttosto alticci. Si avvicina troppo per uno sconosciuto, quasi mi sfiora con le sopracciglia curve e lunghissime.

– Posso decorarti la caviglia sinistra? – chiede mentre mi ritraggo nel timore di un alito avvinazzato. Invece sa di arancia e spezie orientali. Allungo il piede e gli mostro quanto sarebbe complicato scoprire la zona che gli interessa. Gli offro il polso e accetta, un po' di malavoglia. Disegna in pochi minuti due serpenti avvinghiati e sopra un cuore.

– Ma non è il simbolo della farmacia? – obietta Silvia.

– No, del peccato, – risponde lui e lo protegge con una specie di pellicola trasparente. Mi bacia la mano e prosegue dietro il collo della mia amica, una rosa per lei.

L'osteria chiude presto, si sa, ma chi è già dentro può

restare oltre l'orario, fin quando il Boss non decide che basta e apre la porta augurando buonanotte ai clienti. Questa è una serata speciale, Danilo deve finire il suo giro. Sono quasi le undici quando riceviamo l'aria aquilana sulle facce surriscaldate.

Poi io e Silvia passeggiamo lungo il Corso, verso piazza Duomo, cogliendo ogni pretesto per ridere. Lo squillo perentorio del telefono non mi stupisce. Ma chi può essere cosí tardi, si preoccupa Silvia.

– Hai una storia? – domanda speranzosa.

Dico no con la testa e rispondo a un numero sconosciuto che non promette niente di buono. È uno degli insegnanti che hanno accompagnato i ragazzi a Firenze, ansima un po', quasi stesse camminando in salita. Marco si è ubriacato, vomita e trema di continuo, non sanno se rivolgersi al medico di guardia.

– Hanno bevuto in camera dopo cena, lui e l'amico, – spiega. Aggiunge con una nota critica nella voce che si erano portati le birre da casa, un bel po' di lattine. Quello zaino cosí gonfio. Chissà come se le sono procurate, due minorenni con pochi spiccioli.

– Cosa dovrei fare io da qui a quest'ora? – domando risentita.

– Volevamo sapere se il ragazzo ha qualche problema di salute, per questo forte tremore…

– Non ha nessun problema. Fa sempre cosí quando rimette, si spaventa. Ce l'ha una coperta addosso? – Adesso gliela trova e ci risentiamo dopo.

Silvia ha capito e minimizza. – Ce la siamo presa tutti una sbronza a quell'età, io parecchie –. Non rispondo, si arrende dopo un breve tentativo di risollevare il mio umore precipitato in un attimo. La lascio in fretta, con l'impegno di rivederci presto, però.

Nell'auto gelata torna Marco bambino con la gastroenterite, un giorno a casa loro. Olivia gli reggeva la fronte pallida e lui dava di stomaco e poi tremava. – Zia, ho paura di vomitare tutto il corpo, – ha detto in una pausa voltandosi verso di me con il viso rigato di lacrime.

Quando richiamo dorme, finalmente.

21

Restituisco la lettera della scuola alle mani secche di mia madre. La rimette nella busta con qualche difficoltà e un leggero scatto d'impazienza finale, accompagnato da un movimento delle labbra che non riesco a decifrare, forse un'imprecazione repressa. Ma non può essere, nella sua bocca. Abusando dell'elasticità residua delle vertebre si raddrizza nella postura autorevole che assumeva con noi da bambine quando voleva tenerci un discorso.

– Se continua cosí non ce la fa davvero, questa volta, – esordisce scuotendo la testa ordinata e grigia.

– Mi ero già messa d'accordo con un giovane laureato che dà ripetizioni, ma non è facile convincerlo, Marco.

– Invece deve andarci, non può perdere l'anno. Certi ragazzi si sbandano dopo le bocciature.

Si è rilassata appena un po', curvando le spalle il giusto per una persona della sua età. Di colpo torna a irrigidirsi nel colore scialbo del pomeriggio in cucina. A quest'ora di solito indovino la cena dagli odori che esalano le pentole coperte sul fornello acceso, dalle foglie che si scolano sul lavandino. Oggi nessun preparativo è in corso. Mi siedo e lei parla dall'alto della sua breve statura.

– A proposito, cos'è questo *comportamento inadeguato tenuto in classe e in particolare durante il viaggio d'istruzione?* – legge sul foglio tremante che ha di nuovo sotto gli occhi.

Non ne so niente, ma gli studenti in gita si scatenano un po', – minimizzo come Silvia l'altra sera con me.

– Senti, tu chiami tuo cognato proprio adesso, se ha le prove dopo non ti risponde. Deve comportarsi da padre. Il padre di un ragazzo che ha perso la mamma.

La voce le si frantuma in gola come un vetro già incrinato da tempo. Deglutisce, morde il labbro, con uno sforzo istantaneo si domina e ricomincia.

– E non può perdere anche lui. Marco ha bisogno di quello lí. Tu fai già troppo, il peso non tocca tutto a te.

– Ci sei anche tu, – le dico guardandola fiduciosa.

– Io sono la nonna, gli voglio bene con tutto il cuore all'unico nipote mio –. Di nuovo si ferma un momento, resiste alla pressione delle lacrime.

– Non voglio rimproverarlo. Il padre si deve prendere le sue responsabilità. Alzare la voce quando è necessario, dire qualche no.

Evita con cura di chiamarlo per nome, il genero. In questa negazione concentra il cronico risentimento per lui. «Se fosse rimasto a casa, non sarebbe tornata qui alla morte», canta in sottofondo monotono il solito coro funebre ogni volta che mia madre si riferisce a Roberto, senza mai pronunciarlo.

– Proverò a parlargli, non è la prima volta. L'ho invitato io a pranzo, ricordi?

– Adesso hai qualcosa da parte della scuola. Lui non può fare finta di niente.

– Magari si preoccuperà, ma non so che riuscirà a ottenere da Marco. Roberto è troppo assorbito dalla musica –. Forse l'ho detto con un'intonazione accomodante, lei s'inalbera subito.

– Ecco, lo sapevo! Tu gli perdoni tutto perché *lui* è un *artista*!

È diventata paonazza, furiosa. La voce sola si stacca dal coro, lo sovrasta.

– Se il marito non se ne fosse andato, tua sorella non sarebbe tornata a morire sotto il terremoto, ricordatelo!

– Mamma, il terremoto non l'ha voluto Roberto. Non riusciremo ad aiutare Marco a riavvicinarsi al padre se tu non accetti questo, – provo a rabbonirla.

– Guarda un po', adesso è colpa mia se Marco non si riavvicina al padre, mica di quello smidollato! Tu lo copri sempre, lo giustifichi di continuo, è un *musicista*! – spara impostando l'ultima parola tra il solenne e il beffardo.

– Sei libera di credere cosí. Comunque gli dirò di invitare Marco qualche giorno a Roma.

La rabbia sembra sbollire di colpo e lascia il posto a uno sgomento che le invade il volto contratto. In pochi attimi sbianca, dubito del suo equilibrio e mi alzo, pronta a sostenerla.

– Ma cosí perderà la scuola… – protesta piano.

– Tra poco c'è un ponte festivo, chiederò a Roberto di approfittarne.

– E se va fuori per i concerti?

– Si organizzeranno… il problema è se Marco vorrà.

Il campanello suona mentre mia madre mi fissa a bocca aperta in cerca di qualcosa da replicare. La vicina in lutto eterno entra dondolando una borsa della spesa. Mostra una certa dimestichezza con l'ambiente, tira fuori e appoggia lenta sul tavolo dei pacchi di farina. Integrale, leggo, farro, cicerchia. Sente all'improvviso la durezza dell'aria, ci guarda smarrita, l'anziana amica per prima e poi me. Si ritrae nello scarso corpo e mormora delle scuse, forse non è il momento, dice indietreggiando verso la porta. Ma ci siamo già ricomposte, mia madre è subito disponibile ad accoglierla nel suo affetto.

– Stai tranquilla, Lorenza, non ci disturbi. Adesso mettiamo sul fuoco l'acqua per il tè. Hai trovato le farine, vedo... – e si distende in un sorriso.

– Sí, pensavo che domani al ritorno...

– Certo, possiamo impastare un po' di fettuccine o pappardelle. O proviamo quella di cicerchia?

– Non so, l'ho presa, ma non la conosco.

– Serve per la fracchiata, una specie di polenta condita con peperoni secchi fritti in abbondante olio d'oliva e aglio. Si usa nel teramano, io l'ho imparata da una zia che abitava ad Arsita.

– Forse mio marito potrebbe mangiarla.

– E anche tu, un pochino, – la incoraggia mia madre.

– Veramente mi sembra pesante –. L'idea del cibo disegna sulla bocca di Lorenza una smorfia infantile di disgusto.

– Sembra, ma si digerisce in fretta, come la polenta. Ne mangi solo un po', un giro di piatto.

Mentre parlano di cucina i pantaloni neri appaiono piú vuoti di sempre e la cintura stretta intorno a niente, sotto la maglia il seno che in un'altra vita ha allattato è regredito fino alle costole. Mia madre avverte che sono rimasta esclusa dalla loro dolorante complicità, si volta verso di me e spiega.

– Adesso io e Lorenza andiamo al cimitero insieme, la mattina, con la sua macchina. Alla mezza qualche volta si ferma qui e cuciniamo, poi lei si porta le pietanze pronte a casa. Il marito rientra dal lavoro dopo le due di pomeriggio. Ci teniamo compagnia.

– Da sola certi giorni non ce la faccio a preparare... – confessa la voce colpevole. Dopo beviamo il tè, in silenzio, pensando lontano. I biscotti non li prende nessuna.

– Allora domattina ti aspetto sotto alle nove, – si congeda Lorenza. E adesso telefono a Roberto, prima che Marco torni.

22.

Lorenza è l'ultima discendente di una lunga stirpe di
pastori radicata a Castel del Monte, a piú di milletrecento
metri sul livello del mare. Il suo bisnonno aveva imparato
da solo a leggere e scrivere, ordinava libri che gli arrivavano dopo un numero variabile di settimane, con le Poste
lumache del tempo. Li aspettava con la pazienza vigile di
chi seguiva il gregge nella bionda vastità di Campo Impe-
ratore e tornando la sera al borgo, dopo aver chiuso il capitale nello stazzo, chiedeva alla moglie se per caso quel
giorno era arrivato un pacco.

Sui pascoli gli alberi erano rari e per due mesi il sole arroventava la terra ispida di erbe, ma lui non si dava
nemmeno la pena di cercare un posto comodo per sedere al riparo di una roccia. Leggeva in piedi, camminando
lento oppure immobile, con il pugno appoggiato al basto-
ne di nocciolo e l'ombra circolare del cappello sulle pagine
aperte. Dopo molti volumi consumati nell'odore di urina
delle pecore accaldate o nella poca luce fumosa della casa
in paese, aveva cominciato a scrivere su piccoli quaderni
dalla copertina nera. Erano versi in rima, resoconti di tran-
sumanze estenuanti lungo i tratturi per il Tavoliere delle Puglie. O diari di lui con gli animali soli sull'altopiano
peloso, come pulci sopra la groppa buona da mangiare di
un'immensa bestia mitologica. Intagliava anche il legno,

a Lorenza sono rimasti uno sgabello e alcuni utensili da cucina lavorati dalla sgorbia del bisnonno Francesco. Me li mostra quando le porto la fracchiata bollente che mia madre ha preparato senza il suo aiuto.

– Grazie, mi è venuta la febbre e non sono uscita, – si giustifica, scottandosi con il piatto coperto di carta stagnola. Lo appoggia distratta da una parte, non getta nemmeno un'occhiata sotto l'alluminio. Si vede che non ha intenzione di provarci.

– Se si raffredda non è tanto gustosa, – le dico accennando alla polentina.

– Piú tardi la scaldo in forno e l'assaggio, – mi tranquillizza.

Dalla figura luminosa del poeta pastore passa al nonno e poi al padre e agli zii, gente piú ordinaria che però ha saputo conservare il patrimonio ovino attraverso generazioni di uomini e pecore, fino ai giorni nostri. Il loro gregge pascola ancora nella piana, d'estate, ormai custodito da un macedone assunto dalla famiglia. Poi però sverna in capannoni e si nutre di fieno in attesa del disgelo.

– Papà si è un po' ritirato, dopo… – sussurra Lorenza. Non pronuncia mai il terremoto. Se ci si avvicina troppo, salta subito all'indietro, in un racconto disordinato. Parla della madre, ora, è lei che ha voluto darle un nome *moderno*, invece di ripetere quello di una nonna, per non farla sfigurare nel mondo. Non usciva mai dal paese, sua madre, ma voleva che la figlia se ne andasse, almeno a L'Aquila. È morta giovane, giusto in tempo per iscrivere Lorenza a un istituto tecnico del capoluogo e accordarsi con le suore della Sacra Famiglia perché ospitassero la ragazza nel loro collegio durante il periodo scolastico.

Squilla il telefono e lei risponde con una grazia un po' stralunata. Sta meglio, sí, ha preso un'aspirina. Proprio a stomaco pieno no, però avevano fatto colazione insieme, non si ricorda? Tè e biscotti, piú di uno, veramente. Adesso non le va nulla, preferisce aspettarlo, tanto è questione di poco. Ci sarà una sorpresa per pranzo, una novità. No, non lei, le vicine buone, cosí ci chiama.

Chiude e si scusa con me. A quest'ora dovrei occuparmi di Marco, avrà finito di mangiare in cucina con la nonna, devo parlargli prima che esca. Guardo le occhiaie livide di Lorenza e poi la porta, ma lei ha già ricominciato, come una cantilena meccanica, una favola senza lieto fine. Narra del suo *unico amore* indicando spesso con il mento il telefono ancora caldo della voce di lui, quasi a evocarlo. Lo ricorda intirizzito sotto la finestra della camera in collegio, l'ultimo anno di scuola, in attesa di una buonanotte bisbigliata dall'alto. A Castel del Monte, la domenica pomeriggio, in cerca di lei che usciva con le amiche del paese. E il lunedí mattina alle sette, la studentessa modello era sull'autobus per tornare a L'Aquila tutta la settimana, ma poi scendeva a Ofena per montare sulla vecchia Cinquecento di Antonio appannata del suo ardore.

A scuola sempre in ritardo, il lunedí mattina, e scivolava dietro il banco tra le risatine invidiose delle compagne per le guance arrossate e i capelli scomposti, le labbra gonfie di baci. Infine l'hanno combinata grossa, Lorenza ha servito alla madre superiora una nonna in agonia e ha finto di anticipare il rientro a casa di un giorno, il venerdí invece del sabato. Cosí Antonio l'ha portata la sera tardi nella sua stanza di ragazzo, senza che nessuno in famiglia se ne accorgesse. Si sono amati al buio e in silenzio, forse tappandosi una bocca con l'altra, e sono usciti all'alba, prima che qualcuno si svegliasse. In un bar qualunque hanno consumato latte e cornetto, i piú dolci della loro vita.

Hanno riprovato altre volte, fino a essere scoperti. Un

giorno il padre l'ha aspettata in collegio al fianco della superiora, dopo le lezioni. Non si sono detti niente, invece di lavarsi le mani e sedersi al tavolo del refettorio lei è salita in camera a prendere libri, vestiti e la fotografia della mamma. Quando è scesa con la valigia pronta, la suora dal fiero cipiglio non c'era piú e il padre si era già rimesso il cappello sopra il vestito della festa e le peggiori intenzioni.

È rimasta segregata in casa per oltre un mese, staccato anche il telefono. Arrivavano lettere con l'intestazione della scuola, strappate senza neanche aprirle. La nonna che Lorenza aveva spacciato per moribonda stava con lei tutto il giorno, un po' per eseguire gli ordini del figlio e un po' per sostenere la nipote. Gli ordini erano niente visite, niente posta né in entrata né in uscita e nemmeno avvicinarsi alle finestre. Ma su quello nonna Assunta si manteneva abbastanza flessibile, quando erano sole. Cosí Lorenza vedeva un pezzetto di cielo, le pietre del muro di fronte e un angolo della piazza, giú in fondo, dove ogni tanto passava e ripassava la Cinquecento celestina di Antonio venuto da L'Aquila. Con l'intuito degli innamorati sentiva l'arrivo del ragazzo in paese e si metteva di vedetta. Una volta lui si è avvicinato troppo alla casa, salendo a piedi per il vicolo, e lei gli ha buttato un bacio al di là del vetro e detto vai vai con la mano, che stava per tornare il padre.

– Sembra una storia d'altri tempi, vero? – mi domanda Lorenza, e annuisco per non interromperla. Intanto non mangiava quasi nulla, anche allora, dimagriva tra la preoccupazione della nonna e l'apparente indifferenza del cocciuto montanaro che usciva all'alba e rientrava con il buio. Pure lui non sedeva mai a tavola, si cibava del poco pane e formaggio che portava con sé dalla mattina nella tasca sformata della giacca di lana.

Un pomeriggio è arrivata dal capoluogo l'insegnante

d'italiano e Assunta l'ha lasciata passare. Ha anche spedito un vicino in cerca del figlio su per i pascoli, ma ci sono volute ore prima che scendesse, piú o meno come le altre sere. Nel frattempo le tre donne aspettavano in cucina, l'anziana un po' arretrata e presa dai mestieri, per dare modo alle altre due di parlarsi in libertà. Quando il padre è rincasato senza un saluto, Lorenza è filata subito in camera sua. Non si è nemmeno messa a origliare, e solo un paio di volte le voci sono filtrate alterandosi. Lei si è chiusa le orecchie e ha sentito solo il cuore accelerato sotto le dita.

Dopo qualche giorno è tornata a scuola, ma doveva viaggiare avanti e indietro con il pullman, niente piú collegio. Tutte le disposizioni che la riguardavano venivano trasmesse dalla nonna, il padre ancora non le rivolgeva la parola. Non l'aveva convinto la minaccia della professoressa di chiamare i Carabinieri, ma la pesante allusione alla buonanima della moglie che si sarebbe vergognata di lui, colpevole di negare alla figlia la possibilità di diplomarsi.

Si sono sposati giovani, Lorenza e Antonio, un 7 agosto che era la festa di San Donato martire, patrono del paese e protettore degli epilettici. L'eco dei fuochi d'artificio rintronava le montagne e gli uccelli scappavano dal campanile. Dopo la cerimonia Lorenza è corsa un momento al cimitero a stampare un bacio sul ritratto sorridente della madre, trascinandosi lo sposo per mano e il tulle bianco volante tra le tombe assolate. Una serie di muti perdoni reciproci aveva pacificato da tempo la famiglia in crescita.

Per anni hanno voluto un bambino. Antonio entra prima che il racconto ci arrivi, e io tiro un sospiro di sollievo. Ci saluta, poi passa tutte e due le mani leggere sul volto di lei, come a verificare che mantenga una sua consistenza al termine delle poche ore che li hanno separati. Li lascio.

23.

Il proprietario della villa tornerà domani o dopodomani, l'ha detto l'ultima volta che è stato qui e mi ha lasciato in laboratorio le chiavi per dare aria ogni tanto alle stanze del piano di sopra. Non sono mai salita, ascolto a bocca aperta i due scatti sonori della serratura come una bambina all'ingresso di un castello fatato. Appena oltre la porta mi viene incontro l'odore complesso della casa, i legni secolari dei mobili e degli infissi, l'ultima tempera bianco latte sugli intonaci, dalla cucina spezie invecchiate e un ricordo vago di lunghe cotture trascorse. Comincio a muovermi piano dal corridoio in penombra alla luce variabile degli ambienti contornando a passi rispettosi le greche dei pavimenti in graniglia.

Metro dopo metro si allentano i lacci degli assilli quotidiani, con qualche ultimo strattone di richiamo. Non trovo nulla da rimproverarmi, ho parlato prima con Roberto e poi con Marco del ponte festivo che, ormai è deciso, passeranno insieme.

– Che ponte, quello sullo Stretto? Non si fa più – ha commentato all'inizio quello spiritoso di mio nipote, prima di rispondere no. Però quando gli ha telefonato il padre deve averlo colto in un momento giusto, insolitamente arrendevole. Gli capita, a Marco, che il blocco di rabbia si sgretoli in un attimo a contatto con l'altro. Non dev'essere facile per lui affrontarlo, un genitore cosí di gomma, piuttosto lo evita.

Ma a quest'ora sarà già sul pullman verso Roma. Per paura di ripensamenti gli ho detto che io e la nonna andiamo a Caserta dalla zia Bice ammalata. Il mio sangue però sapeva che zia Bice non l'ammazza nessuno e che noi non ci muoviamo da qui, è affluito all'istante tutto sulle guance, mille punture di spillo.

Fin da bambina arrossisco per le bugie, non ho mai imparato a dominarmi. In un attimo mia madre notava la differenza di colorito tra noi gemelle e ci scopriva, anche se era sempre Olivia a raccontarle mentre io tenevo la testa bassa. Per fortuna Marco non mi guarda quasi mai in faccia, ha solo mugugnato ti pareva, come se partissimo tutte le mattine. Poi ha voluto sapere di Bric ed ero preparata, ho mentito che lo terrà Lorenza, a casa sua.

– Portale i croccantini, se no lo fa morire di fame, – ha suggerito, ma con una specie di tenerezza in bocca, estranea alla sua abituale esibizione di cinismo. Ed era per lei, non per il cane.

Apro le finestre e tremano i vetri sottili complici di spifferi e polvere, ne deve essere filtrata in questi giorni di vento. Adesso vola nelle correnti d'aria che si formano invisibili al mio passaggio. Riconosco subito la camera del professore, l'unica che tradisce in pochi dettagli la presenza umana recente. È tutto in ordine, tranne un libro aperto messo a rovescio sul comodino al termine di una lettura ormai sonnolenta. Forse lo stava segnando con la matita rotolata fino al bordo del ripiano in gran parte occupato da due pile di grossi volumi di storia. È la materia che insegna all'università, credo.

Ecco, le materie, anche per quelle mi sono un po' rassicurata, ci penserà quel giovane laureato ad aiutare Marco nel recupero di tutti i tre e quattro dell'ultima pagella.

– Le ripetizioni le paga tuo cognato, – ha detto mia madre in tono di comando.

– Io non ho niente in contrario, – ho risposto. – Sei stata tu a non voler accettare soldi per il mantenimento di Marco, all'inizio.

– Ma adesso ho cambiato idea, diglielo. E poi non ce la facciamo, con la mia pensione minima e le tue ceramiche. Deve pagare lui.

Ho sorriso per il senso nascosto della sua conclusione, esteso molto oltre le lezioni di fisica e matematica. Mi ha fissato smarrita come quando non capisce.

Sulla coperta di lana lavorata ai ferri indugia il chiaro del giorno, attenuato dalle tende leggere. Non resisto, vado a curiosare nel guardaroba del mio padrone di casa. Poche giacche appese agli attaccapanni, sportive ma eleganti, diverse camicie bianche, qualcuna a quadri. Fantastico sull'età di quest'uomo, sarà intorno ai cinquanta. Apro un paio di cassetti, senza pudore. Maglioni in cashmere piegati e sovrapposti l'uno all'altro, lisci o con le trecce, quelli che indossa sempre. Cedono soffcemente al peso della mia mano sul petto del primo, grigio.

Il bagno sa di acqua stagnante e sapone, su una mensola trovo il suo profumo, vetiver. Mi verso una goccia sulle vene celesti del polso e lo strofino sull'altro, la fragranza riscaldata dal corpo e dall'attrito evapora nelle narici dilatate e continua a liberarsi a ogni movimento. In un sottoscala urto un aspirapolvere, lo porto in camera e comincio a passarlo avanti e indietro canticchiando sulla base monotona. Spalle alla porta e fronte alla finestra, mi coglie alla sprovvista l'impressione di essere osservata. Mi volto di scatto e lui è lí, davanti a questo grido muto, appoggiato allo stipite con il braccio lungo verso l'alto, proprio come se la casa fosse sua. Guarda ironico, ma anche sornione, lo sbianco del mio viso e l'attrezzo che continua a ronzare imperterrito da fermo. Mi aspirerei dalla vergogna, dai piedi in su, prima di spegnerlo.

– L'avrò spaventata, – indovina. – Ma che ci fa con quell'aggeggio, non deve mica pulire lei. Lo sa che ogni due settimane viene la signora dal paese, tanto non sporca nessuno quando io non ci sono.

– Oh, certo, – farfuglio. – È che... sí, lo so che viene la signora Argentina, ma ha tirato vento e allora... la polvere entra anche con le finestre chiuse. Cosí, quando sono salita per dare aria alle stanze, ho pensato solo una passata, solo qui.

– Lei è davvero gentile, ma non si deve disturbare. Me lo dia pure, lo metto a posto.

– No, no, vado io, – quasi lo supplico, terrorizzata all'idea che da vicino possa sentire il suo profumo emanare a ogni battito dai miei polsi impazziti. Intanto li sfrego di nascosto contro i pantaloni, nel tentativo di cancellare il vetiver. Ma forse è cosí assuefatto alla fragranza che usa abitualmente da non esserle piú sensibile. Con un pretesto scappo di sotto.

In tarda mattinata scende e bussa piano, gli apro solo di qualche centimetro, non voglio che veda molto di me. Propone a sorpresa di cenare insieme e decido subito di rifiutare.

– Ma quando... e dove? – chiede al posto mio una voce non autorizzata.

– Stasera stessa al piano di sopra, può salire appena finisce.

– Ah, beh, no, vado a casa a cambiarmi, sono tutta macchiata, – e apro un po' di piú sulle chiazze variopinte che porto addosso. Guarda lentamente, salendo con gli occhi fino ai miei, dove si ferma.

– Per me va bene anche cosí, ma se vuole andare a cambiarsi... È vegetariana?

– No, mangio poco ma di tutto. Poco, però.

– Sembra preoccupata, stia tranquilla che me la cavo in cucina.

– Oh, lo so, quando lei prepara qualcosa il profumo arriva fin qui. Ho dei pezzi nel forno della ceramica, mi agito per quelli, non per la cena.

– A che sta lavorando?

Alla serie di mattoni per una riserva naturale, gli cedo il passo, infine, ed entra. Gli mostro quelli già pronti, con le rose spontanee d'Abruzzo. Non pensava fossero tante, gli piacciono i nomi, li legge uno per uno sotto i disegni e io lo ascolto pronunciare in tono basso e profondo rosa tomentosa, rosa corimbifera, rosa spinosissima. Gli racconto di ognuna, molte vivono anche nella nostra zona. Rosa paonazza, rosa di San Giovanni, rosa bluastra. Certo che gliele farò vedere in natura, al tempo dei fiori. Rosa delle boscaglie. Potremo trovarle tutte, se avrà voglia di camminare. Rosa vischiosa. Punisco con i denti il labbro che si sbilancia e parla troppo.

– Sa tutto sulle rose, – osserva davanti all'ultima.

– Solo sulle selvatiche. Se non le conosco non posso dipingerle.

Di nuovo mi investe il suo sguardo.

– E questo cos'è?

– Oh, niente, quello... un esperimento, una prova di scultura.

Tocca la forma di argilla poco definita, quasi una carezza sopra i ghirigori impressi dai miei polpastrelli.

– L'aspetto piú tardi, allora.

24.

Dopo la doccia apro l'anta sinistra del mio armadio impiallacciato bianco, dove tengo i vestiti di prima, che non metto piú. Non li guardo mai, so che stanno lí e pendono lievi, privi di corpo. Lo scarso peso li tende dalle spalle ossute degli attaccapanni nel senso della lunghezza e li deforma piano mentre perdono la memoria di chi li ha indossati. Qualcuno si è preoccupato di recuperarli e restituirli insieme ad altri oggetti, dopo il 6 aprile. Non m'importava niente, allora, ho accettato per una specie di cortesia residua o per non dare spiegazioni del rifiuto. Li ho appoggiati flosci da qualche parte e solo dopo molti mesi li ho ripuliti e appesi qui. Accanto mia madre ha voluto conservare alcuni abiti di Olivia, protetti dagli involucri trasparenti della lavanderia. Li sfoglio, i suoi e i miei, come l'album di una vita ormai estranea. Il piú vistoso lo sfoggiava ai concerti di Roberto, quando erano ancora insieme, i due neri uguali li abbiamo comprati a Roma, non molti anni fa. Staccate le etichette siamo uscite dal negozio ridendo, vestite da gemelle. Per stasera scelgo proprio questo, ma non il mio. Che io sia piú magra di prima e di lei non conta, è una taglia unica. I suoi indumenti mi portavano fortuna, se uscivo la prima volta con un ragazzo.

Con le ballerine nuove posso abbinare una giacca dello stesso colore, sudo a cercarla finché un angolo di panno rosso obuca da dietro un cappotto. Passo una matita quasi tremante sulle palpebre e corro a stupire mia madre da Lorenza. Le trovo intente al cucito e, dopo un esame perplesso con gli aghi sospesi a mezz'aria, mi augurano buona serata all'unisono, quasi preoccupate dall'aspetto insolito.

– Vado a cena da un'amica, – le informo, anche se non hanno chiesto nulla. Nello specchio retrovisore dell'auto mi spalmo il burrocacao alla fragola che insieme al segno sopra gli occhi mi basta come trucco.

Il professore ha apparecchiato con due tovagliette all'americana in tinta unita amaranto, i tovaglioli in tono ma piú chiari. Alla luce bassa e calda del lampadario riconosco i miei piatti, quelli con il decoro floreale e la linea blu sul bordo. Li ha comprati tempo fa, credevo per regalarli. Ancora in piedi ai lati opposti del tavolo ci scambiamo un sorriso complice guardandoli. Nell'acqua di una larga ciotola tra i due coperti galleggiano alcune candele, diffondono aromi orientali e riflettono le fiammelle sul vetro dell'uno e dell'altro calice. Li riempie a metà, e mentre ossigena il Montepulciano d'Abruzzo con movimenti circolari che imito con qualche impaccio, mi arriva la domanda a bruciapelo.

– Come lo vede il bicchiere, mezzo pieno o mezzo vuoto?

Sorseggio per darmi un'aria, digiuna come sono mi ubriacherà all'istante. Non ho voluto niente a pranzo, in modo da mantenermi almeno un po' affamata per la cena. Rispondo ostentando una sicurezza non mia, in anticipo sull'effetto.

– Di norma mezzo vuoto, ma stasera potrei fare un'eccezione.

Ride quasi e si dirige verso i fornelli senza fretta. Mentre è girato di spalle, il mio giudice interno rientra un attimo in servizio e sputa la sentenza: sfacciata. Il padrone di casa mi invita a sedere e serve uno spezzatino scuro e fumante.

– Che cos'è? – chiedo annusando.

– Gulasch. Spero che la paprika non le dia fastidio.

– Oh, no, mi piace il cibo piccante. Cioè, mi piaceva quando mangiavo di piú.

– Lo vedo che mangia poco. Per questo ho pensato di cucinarle la carne, mi sembra che ne abbia bisogno.

Tocco un pezzetto con la forchetta indecisa solo un momento, l'affondo mentre ci diciamo buon appetito. Al primo assaggio le papille gustative vanno tutte in erezione, la lingua si bagna in abbondanza e gode del contatto con il cibo speziato. Per alcuni minuti mi abbandono al piacere antico della gola, dimenticando l'artefice del miracolo. In ultimo provvedo a una meticolosa scarpetta e lascio il piatto come glielo avevo venduto. Solo a questo punto alzo gli occhi e incontro i suoi compiaciuti, divertiti, brillanti. Deve ancora finire, lui, perde tempo a osservarmi.

– Era squisito, davvero. Tenero e gustoso. Dove ha imparato a cucinare cosí?

– Il gulasch da amici ungheresi. Ne prende ancora un po', insieme alle patate?

– D'accordo. Questo è il pane di San Gregorio, vero?

– Sí, a Bologna mi manca molto. Ogni volta che riparto compro una pagnotta da portarmi su. Quella lí è per domani, vado via presto.

– Ah, già domani… – mi sfugge, e una candela si spegne nella ciotola proprio mentre la fisso. La riaccende con un fiammifero, ha visto anche lui il breve fumo alzarsi dallo stoppino.

– Ho insistito apposta per averti a cena stasera, era l'unica disponibile –. Versa di nuovo nei bicchieri.

– Non doveva, se domattina si alza presto… – mi esce in tono un po' lamentoso.

– È per ringraziarti delle pulizie in camera, – scherza.

– Ma se non ho neanche finito…

– Per forza, ti ho interrotta! – Mi dà del tu e tocca il
mio calice con il suo invitandomi a bere. Lo guardo per leg-
gergli in viso le tracce di questo passaggio alla confidenza,
e le sue iridi verdastre mi provocano la sensazione di cu-
netta o dosso. Porta in tavola un'insalata mista. Ha cambiato cd, riconosco *Round about midnight* di Miles Davis.

– Non manca molto alla mezzanotte, – gli faccio notare
indicando la musica nell'aria. – Dovrebbe andare a dormire. Domani viene presto.

– Mi bastano poche ore, – taglia corto. – Ti piace il jazz?

– Anni fa ho avuto un fidanzato patito di jazz. Mi portava ai concerti dappertutto, e passavamo ore e ore stesi
sul suo letto ad ascoltare vecchi dischi in vinile. Adesso
riesco ad apprezzare solo lui, – e accenno a Miles nello ste-
reo, – … Coltrane, Charlie Haden.

– Non male per una della tua età. Invece io avevo una
fidanzata patita per l'opera e non la sopporto piú. L'opera,
intendo, – precisa in risposta al mio sguardo interrogativo.

– E la fidanzata? – chiede il vino che ho in circolo.

– Me ne sono liberato da tempo, – risponde soddisfat-
to. Ci alziamo insieme, tolgo i piatti e lui serve la frutta.
Abbasso la testa quando nell'andare e venire in senso inverso ci sfioriamo, a dispetto dell'ampio spazio disponibile.

– Per il dolce dovrei avere un passito.

– No, anche il dolce… – protesto.

– Sono solo ferratelle, mia nonna le preparava con
un ferro speciale che ancora conservo. Queste però le ha
portate Argentina, la signora dell'aspirapolvere, – e mi
minaccia con l'indice lungo ed elegante. Non so quante
ne mangio, spalmate con marmellata di zucca. Vuotiamo
il barattolo, allegri. Seduti sul divano davanti al camino
acceso, poi, ci resta solo da sorseggiare la ratafia; anche

questa è di Argentina, ha messo in infusione le amarene selvatiche.

Quando si toglie il golf mi investe l'onda profumata e calda del suo corpo. Si arrotola di poco le maniche della camicia bianca, sul collo di cotone le tracce leggermente sfilacciate dell'attrito con la barba. Deve essere una di quelle che tiene qui, non proprio nuove. Guardiamo le fotografie in bianco e nero della sua famiglia, immortalata nel millennio passato, con i vestiti della festa e le acconciature severe delle signore. I nostri indici si incontrano sul petto giunonico della nonna delle ferratelle, tardo un po' a ritrarmi.

– Media borghesia aquilana del Novecento, – sintetizza lo storico.

– La mia invece era una famiglia umile –. Gli racconto di noi senza imbarazzi, di Olivia e Marco, di quanto sono preoccupata per questo nipote adolescente, orfano, terremotato.

– A te stessa ci pensi qualche volta? – chiede a tradimento il professore che esamina gli studenti. Mi concede la grazia di non aspettarsi risposta, è un interrogativo che vuole lasciare lí, a mordere pigro come un tarlo sazio.

Un pezzo di legna arsa precipita nel fuoco e libera scintille. Mi abbandono contro lo schienale, trattengo il fiato in cerca della forza dolorosa per congedarmi. Saranno le due. Lo sento dal torpore languido che attraversa il corpo, fibra per fibra, aggiungendo l'effetto del vino alla privazione di sonno. Ecco, *sono* le due esatte al suo polso qui accanto. Glielo dico, che devo andare. Stavolta non si oppone, solo domanda se me la sento con l'auto, dopo qualche bicchiere, forse la strada è anche bagnata. Cadeva la pioggia, prima.

– Altrimenti ti accompagno, – si offre. Non c'è bisogno,

davvero. Mentre mi aiuta a indossare la giacca, una ciocca dei miei capelli s'impiglia galeotta nel suo orologio, appunto. La libera con delicatezza, piano piano, poi mi prende il viso tra le mani e i pollici accarezzano avanti e indietro due piccole zone di pelle assetata, ai lati del naso. Sulle sue dita il sapone non ha del tutto neutralizzato la cipolla e il sedano tritati per il gulasch. Sfiora la bocca con un bacio leggero e rapido, respira e ci torna più a lungo una prima e una seconda volta, subito preso dalla nostalgia. La voce resa più bassa dall'emozione si riduce a sussurro.

– Il rosso ti dona... Ci vediamo presto. E adesso che vai, attenta, capito?

Mi alzo sulle punte delle ballerine e restituisco un retrogusto di amarena alle labbra socchiuse. Non voglio che mi accompagni sotto, fuggo per le scale, e fuori il freddo successivo alla mezzanotte non spegne l'impronta delle sue mani sulle guance toccate.

25.

Quasi non mi accorgo di essere atterrata alle c.a.s.e. cosí tardi. Appena apro la portiera, mi svegliano un colpo di vento e il vociare di un alterco dal parcheggio sotto la piastra a fianco. C'è gente affacciata alle finestre illuminate per l'occasione, non può vedere nulla, però ascolta, in piena notte. Ogni tanto capita, i vicini raccontano anche furti di benzina alle auto in sosta e spaccio di droga. La scorsa settimana quelli di fronte hanno riferito a mia madre della perquisizione a un tossicodipendente. Alla due siamo piú fortunati, il peggio che ci è successo è stata la rottura dei tubi di scarico degli appartamenti, che passano a vista sopra i posti macchina. Una mattina qualcuno si è ritrovato sul cofano o sul tettuccio panoramico la risciacquatura dei piatti e le feci diluite proprie e dei condomini. Già si deteriorano le c.a.s.e., le hanno tirate su in fretta e a caro prezzo per non durare. Qua si stacca un pannello, lí una vernice si scrosta, l'umidità si arrampica subdola e tenace lungo le superfici. Resiste il giallo ocra delle persiane che identificano il nostro modulo, l'azzurro di quello dopo, il verde giú in fondo. Resistono gli abitanti, tra condivisioni forzate e insofferenze. Siamo tutti nervosi, logorati dalla cronica provvisorietà. Stanchi di aspettare la Ricostruzione, alcuni confessano che vogliono rimanere a Coppito tre per sempre, ormai si sono assuefatti a questa periferia artificiale, alla mancanza di servizi.

– Che t'importa se non ci sono i negozi? – argomentava pochi giorni fa un anziano con il suo dirimpettaio. – Tanto non ci stanno neanche i soldi da spendere!

– Bravo, – gli ha risposto il sindacalista in pensione. – Quando ti hanno assegnato questa baracca di lusso si aspettavano proprio che ti abituavi e smettevi di insistere per ricostruire la città.

Sotto la piastra accanto la lite degenera in rissa, qualche spettatore ha già telefonato ai Carabinieri, eccoli che arrivano sgommando sull'asfalto. Rientro piano per non svegliare mia madre e siedo un po' in cucina, a ripassarmi in bocca i sapori della serata fino all'ultimo, il piú dolce, le labbra di un altro. Non ci siamo mai detti i nostri nomi, ma li sappiamo dal contratto di affitto. Si chiama Sandro, l'ho visto anche sulla posta che gli arriva alla villa. Adesso che ho assaggiato il suo bacio non lo penso piú come il professore. Tornerà tra un mese circa, al solito, un intervallo insopportabile in questo momento. Ma ho paura di lui, la cena non ancora assimilata si rimescola nello stomaco stretto da uno spasmo istantaneo all'idea di vedermelo davanti. È il primo che supera la distanza di sicurezza, dopo il terremoto. Infrange senza riguardi la bolla opaca del lutto dove mi sono ritirata, al riparo dal desiderio e dalle sue complicanze. La mattina del 6 aprile, quattro anni fa, il dolore si è diffuso e ha riempito tutta la capacità disponibile, come i gas, è diventato la mia atmosfera, l'unico ossigeno respirabile. Non ho saputo provare altro, non mi sono distratta. Innamorarmi era l'ultimo dei futuri possibili, anche inutile, se non potevo raccontarlo a mia sorella.

Da qualche parte all'esterno cade qualcosa, sotto la spin-

ta di una folata. A Olivia piaceva essere coinvolta nelle mie
storie, si divertiva, mi consigliava. In sua assenza nemmeno il vento osa contraddirlo, il silenzio che c'è.

Quanto ai baci, ho subíto le condoglianze dopo il fune-
rale, ricambiato debolmente i saluti degli amici di prima,
incontrati per caso, ogni tanto. I bacetti di Silvia davanti
al Boss, e l'inventario è completo. Cosí intimi, li avevo dimenticati. Il cane viene a toccarmi la caviglia con il muso,
sembra aver digerito la delusione per il mancato rientro
di Marco. Non mi sta accadendo nulla, è solo un attimo di
debolezza. Domani posso tornare tranquilla, anzi oggi, la
mezzanotte è passata da un pezzo.

Il telefono vibra nella tasca rossa, non ho tolto la giacca.
Penso a Sandro appena rinnegato, magari è sveglio e vuole
dirmi qualcosa ancora. Invece chiamano dalla Questura,
ho i Carabinieri sotto casa e la Polizia in linea. L'agente
chiede se sono io e se Marco è mio nipote, rispondo: cosa
è successo? Il ragazzo sta bene e aspetta lí, mi spiegheran-
no tutto quando arrivo.

– Ma arrivo dove? – domando imbambolata.

– In Questura, signora, gliel'ho detto. Se lo deve venire a riprendere, – mi spiega la voce severa e paziente.

– Ma il padre? Lui è con il padre a Roma in questi giorni, non capisco… Avete sentito il padre?

Dall'altra parte una breve pausa, forse il tempo di con-
trollarsi e reprimere qualche mala parola.

– Signora, suo nipote non è a Roma con il padre. Insieme agli amici ha da poco messo sottosopra il centro della
città, Zona Rossa per intenderci. Il suo è l'unico numero
che ci ha fornito, dice che sta con lei e la nonna.

– Tra un quarto d'ora sono da voi, – gli assicuro.

Mia madre si è alzata, compare muta e bianca sulla porta della camera. D'istinto invento senza guardarla che sto

andando da Silvia al Pronto Soccorso, ha avuto un piccolo incidente dopo la cena. Sembra crederci e torna a letto.
– Roberto, svegliati bene e ascolta. Devi metterti in macchina *adesso* e venire in Questura a L'Aquila. Hanno fermato tuo figlio. Io ti aspetto lí con lui –. Cosí lo violento nella profondità del sonno prima dell'alba. Non impiega molto a reagire, ricostruiamo al telefono le mosse di Marco, mentre io guido e Roberto si veste. Il furbastro ha detto al padre che lo avrebbe raggiunto domani, cioè oggi pomeriggio, e a me e alla nonna intanto ha fatto credere di partire ieri. Si è concesso un giorno di libertà, come Lorenza da ragazza, ricordo, quando se n'è andata la prima volta a dormire da Antonio. Questo campione invece ha restituito un po' di movimento a L'Aquila, a quanto pare, con la sua banda di scalmanati.

All'entrata della Questura incrocio a pochi passi di distanza due coppie padre e figlio, con certe facce. Vanno già a casa, questi. L'ultima volta li ho visti alla partenza per la gita scolastica, di tutt'altro umore. Un poliziotto mi racconta com'è andata, poi mi accompagna nella stanza dove un suo collega sorveglia i ragazzi piú o meno bevuti in attesa di riaffidarli alle famiglie. Sono rimasti in quattro e sembrano ignorarsi, ma la complicità che li lega si respira nell'ambiente viziato dal loro odore.

Non lo guardo subito e non ci diciamo niente, mi siedo e aspetto immobile. Marco non capisce e non osa chiedere, sento a distanza la vibrazione del suo corpo in piedi, quasi tremante. Un altro viene prelevato dai genitori costernati, la madre in lacrime. L'agente scherza e guarda l'orologio, ne avrà viste lui di queste scene. Da lontano un primo accenno di chiaro comincia a filtrare dalla serranda grigia abbassata a metà e s'impasta con la luce fredda dell'interno.

Hanno organizzato una festa in una casa inagibile.

Alla fine si sono messi a scorrazzare con i motorini a tutto volume per le vie del centro storico deserto, spostando le barriere che gli impedivano il transito. Marco, privo di casco e patentino, si è esibito con il mezzo di un amico in prodezze da esperto motociclista. Intercettati da una pattuglia di militari, hanno rifiutato di fornire documenti e generalità, ma gli hanno offerto delle birre che si portavano dietro. I soldati hanno dovuto chiamare la Polizia. Uno dei compagni ha parlato, quando sono arrivati in Questura. Volevano solo divertirsi un po', ha detto. Immagino che Marco intendesse dormire da Rash, poi, eccolo lí con la chioma in fiamme, abbracciato tutto scomposto allo schienale di una sedia, la testa ciondoloni. Di sicuro mio nipote si sarebbe svegliato giusto in tempo per il pullman L'Aquila-Roma concordato con il padre, che telefona in questo momento.

– Non sarà meglio portarlo a casa, intanto? – chiede già conciliante.

– No, ti aspettiamo,˙ – e chiudo senza nemmeno domandare dove si trova. Marco ha sentito la mia intenzione e mi guarda, adesso. Anch'io lo guardo, il viso quasi traslucido dove si riflette spietato il neon e risaltano i brufoli violacei. Solchi profondi incidono le labbra disidratate, la massa dei capelli appare come ridotta da uno sporco pesante. Questo solo giorno sembra averlo ancora dimagrito, e cambiato. Trovo in lui qualcosa di estraneo, per me, e improvvisamente adulto, accanto alla solita iperattività infantile che nemmeno la sbronza, ora in calo, è riuscita a calmare. Però si controlla, non cammina su e giú per la stanza, resta fermo sul posto, accanto al termosifone, e lí cerca una forma per l'energia incontenibile che lo agita. Strappa le pellicine intorno alle unghie, dito per dito, rapido ma con metodo; quando gli finiscono si accanisce con la punta del piede su una macchia del pavimento. Non credo abbia bevuto molto, sarà stato preso piú dalle impennate del motorino che dalle birrette. Gli altri due ronfano buttati sulle sedie, il piantone li osserva un momento da sopra gli occhiali, prima uno e poi l'altro.

– La sera leoni, la mattina coglioni, – commenta rivolto a me. – È un modo di dire, – precisa come a scusarsi. Il padre di Rash non entra, gli chiamano il figlio e lo aspetta nella stanza dove si sbrigano le formalità del caso. Prima di barcollare via, il ragazzo lancia un'occhiata a Marco, che ha aiutato l'agente a svegliarlo. Rash gli avrà voluto chiedere se sono impazzita e cosa aspetto, Marco alza le spalle.

Adesso diventa difficile per noi, è appena uscito anche l'ultimo, scosso in malo modo dal genitore furioso. Siamo soli, con lo sfondo del poliziotto. L'orologio sulla parete sembra frenato da una forza retrostante che contrasta la rotazione delle lancette e le obbliga a persistere a lungo su ogni minuto. Mi ricordo del libro che sto leggendo, dentro la borsa.

> Maria Barbara dà una metà a ciascun gemello. Essi esaminano con attenzione la loro parte, poi senza una parola se la scambiano. Lei non tenta di capire il senso di quel piccolo rito, sa soltanto che non dipende da un capriccio infantile. A bocca piena i gemelli s'impegnano in uno di quei lunghi e misteriosi conciliaboli nella lingua segreta che in famiglia chiamano l'eolio.

Rileggo piú volte, non riesco a concentrarmi. Torno indietro per capire che si tratta delle due metà di una mela. Cibo, giochi, scarpe, Olivia e io lo stesso, da bambine prima di usarli ci scambiavamo gli oggetti che ci venivano dati, anche se perfettamente identici.

– Non è che ci si schioda? La figura degli scemi ce la siamo assicurata, possiamo pure andare –. Parla fissando dalla finestra l'alba metallica che si allarga sulla città.

– Scordatelo. Non ci rientri dalla nonna, tu. Vai con

tuo padre e ve la vedete tra voi. Quanto alle figure, ci vuole una bella faccia tosta a preoccuparti di quella che *ti* ho
fatto fare *io* --. Metto il libro dentro la borsa.

– Tu hai dei problemi, forse non lo sai, – mi annuncia
con voce grave.

– Può darsi, e uno sei tu.

La cattiveria è uscita e non posso riprenderla in bocca,
anche stavolta sono caduta nel battibecco con lui, nella
gara a chi colpisce piú duro. Non risponde subito, ostenta
interesse al poco che può vedere fuori, prima di voltarsi
verso di me.

– Di questo problema ti libero presto, – promette o minaccia. Poi deglutisce, sotto la pelle sottile del collo il po-
mo d'Adamo troppo nuovo e tagliente sale e torna subito
a posto, fermo, tranne per un fremito leggero.

Ci chiudiamo nelle due armature rigide del silenzio.
Anche il piantone tace, scartabella pensieroso dei fogli,
forse i turni delle prossime settimane. Dopo si infila un
dito nel naso e ci lavora senza imbarazzi, la nostra presenza è diventata cosí normale per lui che ci ha dimenticati.
E Roberto non arriva, devono aver allungato l'autostrada
proprio stanotte. Non ha nemmeno l'attenuante del traffico, a quest'ora, e comunque non ce n'è mai in direzione
L'Aquila. Una rabbia a lungo riposta comincia a montarmi
nel petto, una voglia di ammazzarlo, se non è morto d'incidente. Infine entra, con il mattino.

26.

Aveva invitato me e Olivia a pranzo da lui dopo la scuola. Nella penombra dell'ingresso la madre ci ha accolte con due paia di pattine, le suole delle nostre scarpe non dovevano sciupare il pavimento in marmo tirato a lucido con la cera. Roberto è salito sulle sue e si è mosso con una naturalezza allenata dalla lunga consuetudine a spostarsi sopra quei feltri senza staccare i piedi da terra. L'ordine della casa era impeccabile, la padrona aveva incantato la polvere costringendola a rimanere sospesa nell'aria, alla larga dalle superfici scure e levigate dei mobili in legno pregiato. Il pianoforte a coda, poi, sembrava contenuto in una teca di vetro che solo il talento del giovane virtuoso poteva penetrare. Ma Olivia non ha percepito l'invisibile barriera tra noi e lo strumento, con un indice temerario ha premuto un tasto strappandogli la nota.

– No, per favore! – ha intimato tagliente la signora ed è scattata a chiudere il coperchio. Ha trafitto il figlio con gli occhi per l'imperdonabile dimenticanza ed è tornata in cucina. Lui non se ne dava pensiero, un gesto noncurante suggeriva lasciatela perdere.

Sedute a tavola con un certo imbarazzo, Roberto ci osservava divertito. Non eravamo del tutto sicure dell'uso corretto delle posate, a casa nostra in paese badavamo ad altro. La donna andava e veniva silenziosa tra fornelli e sala da pranzo, noi due cercavamo di mangiare in fretta quando lei mancava, il suo sguardo metteva a disagio la bocca e le mani. Mentre tagliavo la scaloppina, Olivia ha cominciato a darmi di gomito e le è anche venuta la ridarella. Il nostro compagno l'ha punta con una battuta e lei gli ha allungato un calcio nascosto dalla tovaglia, scivolando di schiena contro la spalliera della sedia. Non erano ancora innamorati o almeno non lo sapevano.

Mi sono un po' rilassata quando ho capito che la madre di Roberto, attenta a noi solo in superficie, considerava tutto da una segreta lontananza. Dopo il dolce ci siamo alzati e ho annusato in giro, circospetta. Mancava qualcosa di necessario nella perfezione quasi asettica delle stanze. Nelle fotografie incorniciate d'argento del salotto non figurava nessun uomo, anzi uno c'era, ma di sicuro si trattava di un nonno. Per il resto Roberto in età diverse, con o senza la mamma, alcuni ritratti di lei da ragazza. Una foto in particolare ha attirato la mia attenzione, sarebbe stata quella di una famiglia felice, con le braccia dei genitori che si incrociavano dietro la testa del figlio per appoggiargli la mano ciascuno su una spalla. Ma il bordo bianco contornava l'immagine solo su tre lati, sul sinistro il cartoncino era tagliato preciso lungo una linea tangente al corpo di Roberto. Le forbici avevano amputato il padre, restavano di lui solo uno spezzone di arto e quattro dita maschili sulla maglietta arancione del bambino di sei o sette anni che sorrideva all'obiettivo con gli occhi socchiusi e il naso arricciato per lo splendore del cielo.

– Ti stanno aspettando in camera, – mi ha fatto sobbalzare la signora, gelida. Ho raggiunto gli altri due sotto il suo sguardo dritto e imperioso. Piú tardi, al momento di uscire, ho gettato un'occhiata furtiva al mobile con la fotografia. Era sparita, come il ricordo dell'uomo che aveva abitato lí.

Il mistero della sua fine si è mantenuto negli anni seguenti, compresi quelli di matrimonio tra Roberto e Olivia. Anzi, con il tempo la reticenza sull'argomento sembrava aver contagiato anche lei e, se qualche volta provavo a domandarle, rispondeva cupa e infastidita che non sapeva nulla di sicuro. Accenni velati e ambigui raccolti qua e là mi hanno poi convinta di un suicidio o una fuga senza ritorno, lontano dalla famiglia e dalla padrona che la governava.

Al telefono Roberto mi ha detto che si stava già vestendo e sarebbe sceso subito in macchina, per arrivare a L'Aquila in un'ora o poco piú. Ma profuma di bagnoschiuma e ha scelto con cura l'abbinamento della camicia con i pantaloni, non ha arraffato al volo i primi trovati nell'armadio. E soprattutto, invece di mollargli una sberla, per esempio, sta offrendo a Marco cornetto e cappuccino da asporto, provenienti dal bar in fondo alla strada. Gli porge il contenitore di plastica con la bevanda calda e, quando apre la bocca, diffonde l'aroma del caffè che lui stesso ha appena bevuto.

– Di sicuro sei a stomaco vuoto, – gli dice premuroso.

– La sala ristorante della Questura apre piú tardi, – intervengo acida.

Marco è confuso, d'istinto ha preso bicchiere e sacchetto di carta, ma poi subito li restituisce e resta con le braccia a mezz'aria. Mi guarda un attimo senza rabbia, quasi a chiedere che deve fare. Alzo leggermente le spalle in segno d'impotenza e le sento rigide e pesanti. Non abbiamo dormito un minuto, né io né lui. Intanto Roberto ci prova con il poliziotto, a liberarsi dell'ingombrante colazione che gli è rimasta. Con me non tenta neanche, sto già andando via.

Davanti al laboratorio trovo un divano di velluto verde.
C'è seduta sopra una pagina di quaderno piegata a metà
e un sassolino la tiene ferma, altrimenti sarebbe già volata con il vento.

> Devo fare posto a una libreria, forse potresti riposarti qui qualche vol-
> ta. È un ricordo di famiglia. Magari tra i tuoi colori c'è spazio. A presto
>
> Sandro

Sono brividi ogni volta che lo rileggo, in particolare le
parole *potresti, riposarti, i tuoi colori*, insomma quelle con
il tu contenuto. Mi fanno credere che esisto, qualcuno può
apprezzare la mia piccola vita. Metto in tasca il foglio e il
fermacarte improvvisato, ci lascio la mano insieme, a scal-
darli nel palmo. Poi è facile stendersi sul tessuto imbottito,
ci sto, piegando un poco le ginocchia. Dentro l'orecchio
morbido sul bracciolo un po' consumato pulsa tranquillo
il sangue, come quando ascoltavo le conchiglie. L'ultima
immagine che registro è, sul ramo piú basso dell'acero, la
nervatura delle poche foglie nuove attraversate dal sole di
oggi. Non avevo visto schiudersi le prime gemme. Con me
si addormentano una a una tutte le pene.

Non so dopo quanto tempo l'utilitaria delle Poste Ita-
liane sgomma sulla ghiaia del vialetto. Per qualche istante
stringo tra le ciglia l'espressione interdetta di Lucia, immobile con la corrispondenza in mano.

– Buongiorno, ci sono problemi qui? – s'informa cauta.

– No, Lucia, no. Mi sono seduta un momento e ho preso sonno. Sto bene.

– È che di solito i divani non vanno all'aperto. Comunque sei molto elegante stamattina –. L'aria muove appena
l'orlo del vestito, a fatica riesco a mettermi seduta e mi
guardo ancora addosso la giacca e le ballerine rosse.

– È una lunga storia. Questo lo devo portare dentro, me l'ha lasciato il professore.

– Apri, dài, che ti aiuto. Ha l'aria pesante e tu sei un'alice –. Infatti non so come abbia potuto Sandro, da solo per le scale. Mentre tiriamo il fiato in laboratorio, Lucia accarezza la stoffa verde con mano esperta.

– Non li fanno piú cosí, belli e solidi. Ti durerà ancora un secolo –. Sospira e consulta l'orologio, deve continuare il giro, ma non resiste.

– Che tipo, quello lí. Le donne gli muoiono dietro...

– Ah, dici?

– Perché, non lo sai? Beh, per forza, tu lavori qua non da tanto, e poi negli ultimi anni si è dato una calmata. Ma prima...

– Prima?

– Se ne portava una diversa ogni volta che tornava da Bologna, certe stangone... tutta gente fine, per carità, vestite semplici, col tacco basso... quelle che vanno appresso agli intellettuali, insomma.

Come una lama assassina rivedo una sciarpa per forza femminile appesa all'attaccapanni, sopra, forse dimenticata da qualcuna che nell'uscire non ricordava piú il freddo di fuori. Non ho voluto notarla, ieri, l'ho parcheggiata in una periferia della memoria.

– Forse erano delle collaboratrici... – azzardo e mi tremano un po' le parole.

– Sí, come no. Ma dove vivi? E anche se fosse, questi poi approfittano, con la scusa degli studi se le... ma che hai fatto? – Ha visto la mia faccia mutata e indovina.

– Mannaggia, piace pure a te. Non mi potevo stare zitta? Non ti preoccupare, su... magari è cambiato. Da un pezzo non ospita piú nessuno. Solo che non c'è mai, viene giusto ogni tanto a riposarsi.

– Ma figurati, non m'interessa proprio, – articolo cercando di mantenermi inespressiva.

– Meglio cosí, allora. È pure troppo vecchio per te. Non mi crede e corre a recuperare il ritardo.

27

Affondo le mani nel freddo umido dell'argilla bianca. Reagisce alla stretta scappando solida negli interstizi tra le dita. Lavoro un po' la massa per abituarla alla mia temperatura e saggiarne la disponibilità, sembra in attesa di ubbidire a una forma. Cede benevola alla pressione, si lascia ridurre, allungare, arrotondare. Il palmo ci timbra sopra in rilievo le linee della vita, del cuore e del destino, poi si mescolano e si perdono, nelle azioni successive. Adesso la materia è calda degli stessi gradi della mia pelle e ancora piú docile. Modello un'idea grezza di donna, le gambe due tronchi di cono soltanto, le braccia aperte nell'aria, verso l'alto, a finire con il pollice da una parte e le altre quattro fuse insieme dall'altra, senza dettagli. Si protende in avanti appassionata e il volto triangolare è girato in direzione di qualcuno alla sua destra. I capelli invece li caratterizzo separando le ciocche un po' crespe con la punta di una miretta e stirandole indietro per il soffio del vento. Resterà tutta bianca, tranne la chioma e l'abito scampanato su cui mi sorprendo a incidere l'ombelico. Colorerò la stoffa a strisce azzurre verticali.

Comincio ad abbozzare i piedi, ma poi decido di inumarli nel podio dove la installo. Ora è prigioniera della terra. Guarda il suo misterioso interlocutore laterale con i buchini degli occhi e non può raggiungerlo. Rifinisco il viso affilato, i versanti ripidi del naso. All'ultimo momento scavo con un solo colpo della stecca di legno l'urlo incessante della bocca che avevo lasciato chiusa. Adesso è pronta per il forno. Pulisco gli utensili che mi ha regalato Franco, il mio amico ceramista di Castelli, e li ripongo nella custodia. Quasi non volevo prenderli, non li userò mai, gli ho detto. Prima o poi ti serviranno, ha risposto in mezzo alla barba rossa.

Il grido è di Olivia. Lo pensavo mio, ma ora che la donna è terminata, somiglia di piú a lei. Nei capelli volanti non c'è solo vento, ma l'effetto vitale di un'energia interna che si prolunga per tutta l'estensione della capigliatura e oltre, nell'atmosfera intorno. Riconosco il vestito. Anche se non ne ha mai posseduto uno identico, potrebbe essere suo, le righe azzurre le piacerebbero.
Forse ce l'ha con Marco, gli strilla ciò che sa impossibile, di mettere in ordine le scarpe e le emozioni acerbe. O magari se la prende con Roberto, vuole costringerlo a farsi padre. Devo aspettare il risveglio notturno per capire che il reclamo è per me, sono io che le ho spalancato la bocca nell'argilla. Una sequenza rapida di scene trascorse squarcia il buio su di lei, imparo in un attimo a leggere nel suo passato i segni che allora non ho voluto vedere.
Olivia si arrampicava sul melo piú svelta di un gatto e subito gettava una mano dall'alto dei rami per aiutarmi a salire. Tirava tanto che a volte perdevo il contatto delle gambe con la corteccia e mi ritrovavo su a masticare un frutto senza averci capito niente. Non badavo al sangue colato dal suo ginocchio, né alle virgole della frangetta appiccicate sulla fronte sudata. Sembrava potesse tutto senza sforzo, senza dolore. Non sapeva lamentarsi e questa ignoranza l'ha perduta, nessuno, eccetto nostra madre, è mai stato davvero *attento* a lei. Io le ho negato anche la

gelosia, una forma distorta dell'attenzione. Olivia rappresentava semplicemente la mia parte piú riuscita. Le mostravo volentieri le mie debolezze perché si prendesse cura di ogni fragile aspetto della gemella minore, lei cosí piena
di grazia e fortuna.

Come accade a chi appare troppo forte, non è stata
protetta, pareva non averne bisogno, creatura autonoma
e invulnerabile. Alcuni si spaventavano di lei, fuggivano.

Giulio, per esempio, veniva al paese d'estate, in vacanza dai nonni. Ci divertivamo insieme da sempre, ma quella
volta era tornato diverso, con il romanesco già adulto in
bocca e una voglia di rimanere solo con Olivia. Le piaceva quella sua aria di città, se ne andavano a zonzo in bicicletta e si fermavano a esplorare i luoghi e i loro corpi,
cosí nuovi e impacciati. Una mattina Giulio è volato tra
i rovi di un fosso scorticandosi un po'. Non si muoveva
per l'impressione del sangue, lei lo ha preso dalle ascelle e
trascinato fino alla strada, dove ha chiesto aiuto al primo
automobilista di passaggio. Dopo, lui non l'ha piú cercata
ed è ripartito appena possibile.

Nel silenzio dopo la mezzanotte Olivia urla tutto quanto, dalla gola di terra. Apre l'album nascosto degli anni con
Roberto, che per comodità ho creduto felici. Pieno di sé e
della musica l'ha amata poco, a volte non la vedeva nemmeno. Non si è ricordato i compleanni, non si è accorto di
quando aveva la febbre o crollava dalla stanchezza. Capitava che le portasse un regalo al rientro da un giro di concerti, con la valigia gonfia di successo e vestiti da lavare.
In quelle occasioni gli era facile gratificarla, aveva ancora nella testa l'eco degli applausi e poteva essere generoso
con lei, qualche momento, prima che il vuoto tornasse a
mangiarselo dentro.

La nascita di Marco non l'ha cambiato. Il primo anno diradava gli impegni, voleva starci. In certe penombre del pomeriggio rimaneva con l'orecchio sinistro e le dita sopra il pianoforte, lo sguardo sul bambino a pochi passi, silenzioso, quasi consapevole di essere contemplato. L'artista cercava in una tensione anche dolorosa di strappare alla tastiera la segreta corrispondenza tra la luce degli occhi generati e il suono. Ha composto per il figlio alcuni brani dove i boccoli scuri vibravano come campanelli. Per il resto passava il tempo svogliato, distratto da una voce lontana, trascurabile eppure insistente. Gli mancava l'orchestra, il pubblico che ammutoliva il brusio durante l'accordatura degli strumenti, prima di ogni attacco.

Olivia lo ha liberato, lo ha restituito alle migrazioni dei musicanti. Gli ha detto che se la sarebbe cavata da sola. Così la loro casa è tornata a essere per Roberto una stazione di passo, il suo riposo. A volte rientrava davvero esausto, al punto che dopo un minuto persino i pochi chili di bimbo risultavano troppo pesanti. Ostinata nell'amore, lei ha giustificato e compreso.

Olivia ha cresciuto Marco nell'attesa gioiosa di un genitore tutto speciale e se Roberto al ritorno si stancava del figlio e si sottraeva, lei catturava l'interesse infantile con un gioco, per non fargli sentire in quella nuova distanza una rinuncia o, peggio, un rifiuto. Fino a quando ha respirato, mia sorella ha costruito a Marco un padre immaginario.

Grida adesso la donna inorganica, per sé e per il ragazzo. Dice che è stata trascurata, che è stato trascurato. Che la mancanza si riproduce nelle generazioni successive, come un vizio ereditario, una maledetta necessità. Così è accaduto a Roberto.

Erano soltanto due adolescenti quando si sono incontrati, eppure Olivia è arrivata troppo tardi per lui. Portava su di sé il danno di un abbandono definitivo unito al rigido controllo della madre, che gli era rimasta. Il bacio della principessa non l'ha trasformato, l'ha lasciato rospo. Nessuna avrebbe potuto guarirlo, nemmeno la mia onnipotente gemella. Il suo urlo postumo protesta anche per lui, l'uomo che, non ricevendo salvezza, l'ha infine tradita.

Li ho visti negli anni, di piú quando abitavano a L'Aquila. Ho visto l'umore di Olivia tingersi di nero, l'ho vista perdere i capelli, un periodo. Ma ne aveva cosí tanti che neanche si notava. Ho taciuto, vigliacca che non sono altro, non le ho chiesto come stava, e lei pure ha taciuto. Non potevo rinunciare alle certezze che la riguardavano. Scopro questa notte che non è stata solo felice.

28.

Marco è tornato dalla capitale con un telefono di ultima generazione. Roberto ha voluto riaccompagnarlo in macchina ed è salito da noi, il tempo di un caffè prima di ripartire. Abbiamo tutti sorriso delle feste di Bric al rientro del suo padrone, si è addirittura commosso, alla maniera dei cani. Ha ricevuto le carezze arretrate ed è rimasto confuso di gioia, sono spariti in camera, però senza chiudere la porta.

Forse richiamato dal minimo urto della tazzina vuota contro il piattino, Marco è uscito dalla stanza dopo qualche minuto, per salutare il padre. Non si è sottratto alla mano appoggiata sulla spalla, ha detto piano ciao pa', con gli occhi bassi. Sembrano aver maturato una forma di confidenza, in questi pochi giorni. Il costoso regalo ha avuto un suo ruolo, suppongo.

– A proposito, – ha chiesto Roberto all'ultimo momento, – la zia Bice come sta, giú a Caserta?

Spiazzata dall'effetto della mia recente bugia e dalla disinvoltura dell'ex marito di Olivia nel nominare come ancora propri i parenti acquisiti, ho esitato a rispondere.

– Meglio, grazie. Siamo arrivate giusto due ore fa, – è intervenuta secca mia madre, a copertura.

Credo di aver intravisto una ragazza sullo sfondo del nuovo telefono di Marco, sarà quella Irene che abita nello stesso condominio di Roberto. Capelli lunghi, occhiali grandi alla moda di adesso, il viso turgido e perfetto di frutto appena maturo. Ma è stato solo un attimo, lui ha sentito lo sguardo e l'ha subito cacciata in tasca.

– Tieni, prendi questo che ancora va e butta l'arnese che hai, – così ha detto passandomi il suo vecchio cellulare. – Te lo sistemo io, che tu non ci sai mettere le mani, – ha sentenziato mentre provvedeva al cambio della SIM card. Della breve lezione sulle funzioni piú complesse ho capito poco, tanto non le userò e lui lo sa.

L'altra novità è che ha deciso di curarsi l'acne: in bagno ho trovato sulla lavatrice la carta del sapone specifico, squartata con la solita grazia, e, in ordine sparso sulla mensola, la scatola della crema, il foglio illustrativo che deve aver consultato e il tappo del tubetto ovviamente aperto, con uno sbuffo di prodotto appeso.

A pomeriggi alterni va dal ragazzo che lo aiuta con le materie da recuperare, e un paio di sere l'ho beccato persino con il libro in mano, a casa. Si lavorava la lunghezza dei riccioli intorno all'indice, uno dietro l'altro, con la faccia dell'agnello sacrificale o di chi si arrende di malavoglia a un'occupazione vergognosa.

Potrei anche essere ottimista, ma era uno stato d'animo inconsueto già prima, per me, figuriamoci dopo il terremoto. Ovunque vedo catastrofi, in un futuro non so quanto prossimo. Così mi difendo, scommetto sempre sul peggio, perché non mi sorprenda ancora. La vita di Marco ha il sapore della rovina. A volte lo immagino alcolista, tossicomane, barbone. Intanto, nel breve periodo, respinto dalla scuola. Se Olivia avesse potuto, lo avrebbe *affidato* alla gemella come si assegna un compito alto a un allievo insicuro puntando sulle sue risorse. E io a ogni difficoltà mi sento indegna della fiducia di una madre.

A tratti mi abbaglia qualche sprazzo di chiaro, altre trame possibili. Che Roberto e Marco si trovino ormai, dopo le intermittenze, che Marco sopravviva al lutto e agli errori dei fiacchi adulti rimasti. Dal seno venato di azzurro ha bevuto molto piú a lungo degli altri bambini un latte ricco e pesante, una riserva di calore e cibo umano che nessuna scossa gli ha potuto togliere. Il 6 aprile 2009 Olivia aveva già consegnato al figlio la forza e la resistenza. Devono solo crescere, malgrado noi fragili supplenti incapaci di offrire un sostegno certo e fermo. Marco ci supererà, è l'unico erede dei poteri materni. In un sogno ho trovato sotto il suo letto la pelle butterata del viso, quasi l'avesse mutata lasciando le cicatrici e i brufoli attaccati alla vecchia. Abbandonerà l'adolescenza, come tutti i ragazzi. Con uno sguardo piú sereno vedrei già in controluce l'uomo che verrà.

– Tieni, ti ho portato questo da Roma, – dice porgendomi un pacchetto.

– Ah, e te lo sei tenuto fino a oggi? – chiedo prendendolo dalla sua mano.

– Beh, me n'ero scordato…

Si appoggia di schiena al muro e con la punta del piede disegna segmenti trasversali sul pavimento, in un senso e nell'altro. Piano piano stacco i pezzetti di nastro adesivo con le unghie, per non sciupare la carta colorata che conserva l'umidità leggera del suo palmo. Tolto anche l'involucro a bolle d'aria, mi rimane la sfera di vetro piena d'acqua e Colosseo sotto una minuscola bufera di neve. Quando l'ultimo fiocco si posa, la agito e mi godo la nuova tempesta. Alla terza volta Marco tossicchia imbarazzato dal mio sorriso ebete.

– Allora è vero che ti piacciono queste palle.

– Chi te l'ha detto?

– Mio padre, ha suggerito lui di comprartela.

– Sí, è vero, – rispondo alla faccia capovolta. – Mi hanno sempre presa in giro per la mia collezione, lui e tua madre. Però me le regalavano, ne portavano una da ogni viaggio, da ogni vacanza.

– Dove sono adesso?

– Le ampolle? Tutte rotte o quasi, erano nel mio laboratorio di prima, su un ripiano.

Scuoto ancora la sfera e ricomincia a nevicare tra noi. Alito sul vetro e con la manica della felpa cancello le impronte grasse dei polpastrelli.

– Non ho mai saputo di che è fatta la neve, e nemmeno se il liquido è acqua o altro, – confido a Marco.

– Dovresti controllare, secondo me qualcuna si è salvata.

Alzo le spalle e restiamo un po' zitti.

– Hanno aperto parecchi cantieri in centro, – dice poi. Riconosco dal tono cambiato che mi sta lanciando un'esca.

– Ho visto, – rispondo laconica.

– E le nostre quando partono?

– Le nostre...?

– Le nostre *case*. La mia e la tua. Quando parte la Ricostruzione? – Calca le parole a una a una tranne gli articoli, sembrano rivolte a un sordo.

– Non lo so di preciso. Una burocrazia mostruosa rallenta le pratiche, ogni volta che quasi ci siamo sopraggiunge un intoppo. I lavori sono iniziati nelle vie principali della città, ma nei quartieri piú interni non c'è ancora niente.

– I soliti bastardi. Ma tu te ne occupi? – chiede inarcando il sopracciglio dubbioso.

– Certo che me ne occupo. Della mia e della tua, e anche di quella dei nonni, in paese. Puoi guardare lí dentro, c'è una montagna di domande, elaborati tecnici, relazioni –. Gli indico l'anta dedicata.

– Le carte non mi interessano, ma voglio essere informa-
to, da oggi in poi mi devi dire tutto quello che succede. È
casa mia –. Si agita, sbatte con il gomito contro la parete.

– Certo, – lo rassicuro.

– Come faranno a ricostruirla?

– Prima la devono demolire –. Non avrei voluto dirglielo.

– È proprio necessario? Solo una parte è crollata. Se la
demoliscono siamo sicuri che poi la rifanno uguale? Io la
rivoglio com'era –. Un'ansia un po' stridula gli restituisce
per un attimo la voce di qualche anno indietro.

– Per quello non ti preoccupare, c'è un progetto. Riavrai
la tua casa, con le stesse pietre e gli stessi mattoni, però
antisismica, pronta per il prossimo terremoto. Ogni tre-
cento anni ci tocca.

– Domenica vieni con me. Ci andiamo, – afferma convinto.

– Sei matto? Non si può, è pericoloso. Lo sai.

– Non c'è niente di pericoloso. Ti do pure un casco, se
vuoi. Fidati, ogni tanto.

Si è addormentato con la lampada accesa sul comodino,
la luce filtra dalla sua porta socchiusa quando mi alzo per la
sete. Entro a spegnere, Marco si muove sotto le coperte
farfugliando qualcosa e il telefono gli cade dal letto, sul
tappeto per fortuna. Basta un tocco casuale nel raccoglierlo per illuminare i pensieri che scambia con l'amica. Leggo
con poca vergogna, senza badare alle risposte telegrafiche
e un po' frivole di lei.

Oggi ho inseguito nel traffico una macchina uguale a quella che aveva
mia madre e stavo per finire sotto un camion. Era uguale anche la testa
vista da dietro. Non è la prima volta che passa, quella donna, ma non riesco
mai a vederla in faccia.

Mi accorgo che l'aspetto, mia madre. Se si apre la porta di casa penso subito a lei che mi fa una sorpresa e torna, invece è la zia che rientra.

La mattina apro gli occhi e sento il suo odore nella stanza come quando veniva a chiamarmi per andare a scuola. Sento anche la mano sulla fronte, non sempre però. Nel sonno non lo so che è morta, me lo ricordo da sveglio ma non proprio subito, dopo che svanisce il suo profumo. Allora ricordo dove sono e con chi.

29

Per delicatezza Marco usa la chiave che tiro fuori dalla borsa, ma sono sicura che in qualche modo ha aperto il lucchetto chissà quante volte, dopo che l'ho cambiato. L'ho seguito in via del Drago sotto il sole fragile del pomeriggio, senza darmi pensiero di eventuali pattuglie, lui sa evitarle. Abbiamo percorso un itinerario preciso e di certo collaudato, con le transenne già un po' spostate da poterci passare se si è magri come lui, o come me. Solo all'imbocco di un vicolo mi ha fatto gentilmente spazio per entrarci e poi ha lasciato cosí, a misura nostra per il ritorno.

Prima, in centro, ha dovuto soltanto alzare gli occhi per indicarmi i cantieri in attività, i ponteggi intorno agli edifici in restauro. Camminava alcuni passi avanti quando gli ho detto qualcosa e non ha sentito per le vibrazioni continue dei martelli pneumatici, lo stridore delle mole che tagliavano il ferro. Volevo osservare che si lavora soltanto nelle strade piú visibili della città, di quello parlavamo ieri, ma non gliel'ho ripetuto mentre ci addentravamo nella Zona Rossa. Se ne sarà accorto da solo, del silenzio che è sceso.

Nessun portone a L'Aquila è cosí arrendevole, Marco intuisce la mia sorpresa e spiega che l'ha limato sotto, dove strusciava contro il pavimento. Adesso non ha piú bisogno di fingere, rivela senza imbarazzi la sua assiduità con la casa inagibile. Si pulisce i piedi sullo zerbino e comincia a salire normalmente le scale. Esito nel seguirlo, rimango ferma nell'atto di affrontare i gradini.

– Tranquilla, non avere paura. Vuoi il casco? – chiede mostrandone uno giallo appeso allo stesso chiodo del quadro che in parte copre.

Si è voltato e mi parla dall'alto, con un invito quasi dolce nel tono della domanda. Faccio segno di no, lo raggiungo sul pianerottolo e mi appoggio al muro. Sento sotto i polpastrelli la discontinuità sinistra di una crepa e ritraggo la mano. Mi precede nel soggiorno che ha diviso in due come il suo cuore, credo.

A mezzo metro dal soffitto ha teso tra i puntelli addossati alle pareti opposte una corda, per sostenere una serie di teli a motivi etnici che pendono fino a terra formando una specie di paravento largo quanto la stanza. Cosí ha escluso dalla vista il luogo esatto dove la madre è morta, dove la trave l'ha abbattuta.

Di qua è tutto ripulito e sistemato. C'è solo un po' di polvere domestica, a grana fine, un ragazzo di sedici anni nemmeno la nota. Ha messo il tavolo al centro dell'ambiente ristretto e avvicinato il divano alla credenza con le vetrinette rotte, però non c'è piú traccia di frantumi, i telai vuoti delle ante inquadrano gli oggetti interi che ha recuperato. Riconosco alcune tazze del servizio che avevo dipinto per Olivia, dentro, qualche calice di cristallo, il secchiello del ghiaccio. Li avrà anche lavati, non so come, i rubinetti non danno acqua.

Gli arredi sembrano appartenuti a un'altra casa, dove avevano di certo il giusto spazio intorno e potevi muoverti liberamente senza urtare spigoli. Ora sono mobili che una rovina improvvisa ha ridotto in un vano angusto, inappropriato al contenuto. Devi appiattirti e guardare per terra, prima di passarci in mezzo. In bella vista una cornice un po' ossidata racchiude l'istantanea di Olivia con Marco in braccio, probabilmente al mare, dal colore della pelle. Lei gli indicava l'obiettivo del fotografo, di sicuro Roberto che con un occhio chiuso lo chiamava, guardami guardami, mentre lui sorrideva con i dentini da latte tenendo stretto nella mano un piccolo dinosauro di gomma, una passione, quella, durata diversi anni.

– Non andare di là, – dice fermando il mio sguardo sulle stoffe assemblate. – È pericoloso.

Vorrei rispondere che non ne ho nessuna voglia, non mi esce una sillaba. Di là ha confinato la distruzione, ma non resta del tutto separata, un sole innaturale filtra attraverso la falla del tetto e illumina dal retro il divisorio inventato. Sempre dall'alto il movimento leggero dell'aria si trasmette in sequenza ai vari teli e, quando l'orlo del piú corto ondeggia un po', scorgo, appena oltre, i calcinacci che Marco ha ammucchiato da quella parte.

Su una mensola dell'angolo cottura ha resistito un barattolino di alici, Olivia ne era ghiotta. I pochi filetti rimasti levitano in sospensione nell'olio, come serpentelli scuriti dal tempo. Li avrebbe consumati nel giro di qualche giorno, sminuzzandoli sul pomodoro a fette invece di salarlo. Le piacevano cosí, con l'aglio e tanto prezzemolo. Potrebbero essere lí da cent'anni e farmi male con la stessa urgenza.

Marco si è seduto al tavolo e tiene le braccia incrociate sul ripiano davanti a sé. Il bruno dei suoi capelli diventa all'improvviso il centro di un vortice a colori dove ruotano in una centrifuga veloce le alici sospese, il secchiello del ghiaccio e le tazze superstiti, i disegni etnici, l'ordine agghiacciante della mezza stanza residua. Il mio peso converge verso le caviglie e il sangue defluisce dalla testa, cerco di fermarlo e non ubbidisce. Il turbine parossistico rallenta a singhiozzi e il contrasto delle tinte si disfa in un latte

totale. Precipito nel bianco bianca anch'io, e solo quando
sto per toccarlo uno schizzo di adrenalina mi restituisce alla
coscienza e all'azzurro del divano dove Olivia ha dormito
l'ultimo sonno vitale, nel mio abbraccio. Mi lascio andare
distesa, l'ho già provato, so che in pochi secondi passerà.
Dopo, spero che Marco non se ne sia accorto ed è cosí, la
sua attenzione è lontana. Lo avvicino, cauta.

– Un milione per i tuoi pensieri, – propongo.

– Chissà se avremo finito di sistemare, per i miei di-
ciotto anni, – e indica tutto intorno. Il dubbio è fondato,
ma lo incoraggio.

– Direi di sí, ne mancano quasi due. Vorresti festeg-
giarli qui? – domando timorosa. Qualsiasi parola sembra
sbagliata.

– No, ma potrei abitarci quando divento maggioren-
ne, giusto?

– Certo che potresti, ma chissà, magari vorrai andare
all'università a Roma, o altrove... – Mi siedo anch'io, non
di fronte. Allargo le mani sul tavolo e le trovo molto piú
vecchie del loro corpo, specie la destra. Saranno state le
schiene sempre curve delle dita intente alla pittura.

– Boh, può darsi, ma questa sarà sempre casa mia, ci
verrò a trascorrere l'estate e le vacanze di Natale. Invece
nei fine settimana mi ospiterete tu e la nonna, pensavo.

Per fortuna non mi guarda, fissa ancora un po' da bambino il futuro davanti a sé. Sorrido, con qualche lacrima
mescolata.

– Sicuro che ti ospiteremo, sei il nostro unico nipote –.
Sto rischiando troppo in questo interno tragico con vista
sul cielo, la voce si sgrana in toni di pianto. Recupero il
controllo e riprendo: – Magari nel frattempo saremo anche noi rientrate nelle nostre abitazioni, e la nonna andrai
a trovarla al paese.

– È vero, me lo dimentico sempre che ognuno di noi
ha una casa sua.

– E tu le erediterai tutte, – gli prometto.

– E perché io? Non lo vuoi un figlio tuo? – chiede davvero stupito.

– Comincia a essere tardi per me e non ho ancora trovato un volontario. Preferisco lasciarti l'appartamento.

– Ci sono venuto poco, salivi sempre tu da noi. Mi por-
tavi certe caramelle naturali, secondo te. Facevano schi-
fo, tu non le avrai nemmeno assaggiate. Ti andava bene
che erano naturali, senza coloranti eccetera. Ma il sapore? Conta anche quello, no? Le migliori non sapevano di
niente. Mi sembravi un po' matta.

– E adesso?

– Adesso ne sono sicuro –. Ride scuotendo il sistema
dei ricci. Segue una pausa, naturale come le caramelle.

– Che gran fatica qui. Non sarà stato facile, da solo.

– Mi ha aiutato Rash, qualche volta, e Andrea. E un
altro paio di amici sono venuti una domenica.

Sa cosa gli devo dire, atteggia la faccia alla rassegnazio-
ne e alla speranza che mi sbrighi.

– Ma certo, lavoriamo in comitiva. Una piccola impre-
sa di minorenni, cosí se qualcuno si fa male... Sono io che
ho la chiave e la responsabilità...

– Dài, non allungarla tanto. Ormai è passato, non ho
piú niente da fare. Aspetto la RI-CO-STRUZIONE.

– Tu te la cavi sempre con questa storia che *ormai è
passato*. Le cose non devono accadere *prima*... Prima,
capito? Prima che passino. Non devono *passare*, devono
non accadere –. Mi si secca la gola e tossisco, rovinando
l'effetto.

– Ma tu sei mai stata giovane? – Eccolo, il colpo sotto la cintola.

– Non me lo ricordo, – rispondo mentre continuo a tossire, un po' ridicola, e infatti ride, ancora.

– Mi dispiace, l'acqua non ce l'ho, ma forse è rimasta una birra lí dentro. Però non sarà fresca, – mi provoca approfittando della mia momentanea debolezza.

– Oh, lascia perdere. Ora che ce ne andiamo te la butto, – dico appena posso, con la voce arrochita.

– Sono venuti qui ad aiutarmi, qualcosa gli dovevo offrire, no? Che gli davo, il succo di frutta? – insiste malefico.

– Tua nonna te li prepara ancora in casa i succhi, con la frutta dei contadini. E te li bevi pure, – protesto convinta.

– Non mettiamo in mezzo la nonna, adesso. La nonna non si tocca, è una dea, – afferma tornando serio. Sospiro e ritrovo la calma. Ci alziamo insieme, per uscire. Prendo in un ultimo sguardo circolare la stanza anomala, per conservarla nella memoria.

– Posso esserti utile in qualche modo? – chiedo senza averlo voluto.

– Non credo… veramente sí –. S'illumina e apre un cassetto. – Potresti dirmi a che diavolo serve questo attrezzo. Non l'ho mai notato in mano alla mamma –. Estrae uno schiaccia aglio, uno dei regali piú inutili ricevuti da Olivia per il matrimonio, ma nessuna sposa all'epoca avrebbe rinunciato a inserirlo nella lista nozze.

– Non vi capisco, voi donne, – replica all'informazione. – L'ho sempre vista schiacciare gli spicchi con il coltello di lato. Anche la nonna fa cosí, – e mima il gesto.

Quando scendiamo in strada, dal cielo ora sovraccarico cadono le prime gocce di questo pomeriggio. Non ci sorprendono, è una primavera molto bagnata.

– Guarda, – dice Marco fermandosi a metà di un vicolo e indicando per terra, vicino a un tubo. Un grosso topo rinsecchito giace piatto e leggero tra i lunghi steli di alcu-

ne erbacce. Nella testa di profilo, al contrario di tutta la
carogna che sembra schiacciata dall'alto, si distingue un
occhietto disidratato che ancora esprime lo stupore e l'of-
fesa della morte. Resto a fissarlo, mio malgrado.

– Vieni, che piove, – mi scuote Marco, ma in realtà ha
già smesso. – Sarà crepato di fame, – aggiunge poi camminando a passo svelto. – In questa città non c'è piú niente,
neanche per loro.

La strada del ritorno, identica all'andata, mi pare molto piú breve, come capita a volte. Quando ci sediamo in
macchina e guardiamo fuori, un velo di deserto è caduto
sul vetro insieme alla poca acqua.

30

Accade in questi anni dopo il terremoto, mi sveglio di soprassalto con la certezza di non aver preso ieri sera una pillola indispensabile alla sopravvivenza. Prima di capire che non assumo nessun tipo di farmaco passano gli attimi necessari a chiedermi se sono ancora in tempo a mandar giú la medicina o se devo morire. Saranno gli incubi dei traumatizzati, forse anche altri sognano cosí. Dovrei chiedere un po' in giro qui alle c.a.s.e., ma non parlo molto con i vicini. Non parlo molto in generale.

È uno dei miei minuti migliori, questo, mi avvolgo piú strette e calde le coperte e mi rassicuro della vita. Fisso con lo sguardo lucido del risveglio anche il sisma, ridimensiono il suo torto nei miei confronti. È vero che ci ha atterrati uccidendo Olivia, ma in fondo io ero infelice anche prima. Non reggo uno stato di benessere duraturo, da sempre cerco un male o una colpa che mi consumi. Ne ho bisogno, per sapermi al mondo. Non sono capace di felicità, ma trascorro a volte momenti di insopportabile grazia.

Senza il ratto di Olivia, quel 6 aprile non mi avrebbe cambiata di molto. Avrebbe solo fornito un pretesto, uno spunto alle mie consuete inclinazioni. Subito mi vergogno del pensiero appena formulato, mi vergogno nei riguardi di chi ha perso qualcuno, orfani, vedovi, madri di morti prive anche di una parola sul vocabolario che abbia il coraggio di nominare la loro condizione.

Cosí mi vengono in mente mia madre e Lorenza, l'elenco delle stagioni che hanno speso a distanza di poche tombe l'una dall'altra, legandosi giorno dopo giorno nello stesso lutto, per necessità.

Domenica scorsa l'ho incontrata sotto, Lorenza, non la vedevo da una settimana. Portava a spasso intorno alle piastre il cagnolino che le ha regalato Antonio. A Bric non è simpatico, ogni tanto gli ringhia sommessamente di gelosia, come a dirgli che non lo sopporta, ma sa che non può morderlo. Lei mi è sembrata un po' piú in carne, e invece del solito nero integrale indossava una maglia bianca sopra i pantaloni scuri. Mi ha sorriso e toccato un braccio con la mano libera dal guinzaglio.

– Tua madre non ti ha detto la bella notizia? – ha chiesto prima che il quadrupede la tirasse via. Si è voltata, sempre sorridendo, a guardarmi rispondere no con la testa, poi è sopraggiunta silenziosa come un indiano la nostra vicina un po' matta, vestita di tutti i colori, a rovinare la sorpresa.

– *Oh, ma lo scí saputo che quessa è 'ncinta? Ju marito j'ha gonfiatu la panza, ih ih ih!* – mi ha informata lasciandosi scappare le S e l'alito cattivo tra i denti rimasti. – *N'atru pocu se ne vanno da ecco, vanno a 'na casa vera pe' fa' nasce ju creaturu.*

Le ho inventato che dovevo scappare in bagno e sono corsa di sopra, mentre lei biasciava rimasticando la coda del pettegolezzo. Mia madre era seduta in poltrona, le dita ossa divaricate sul grembiule da cucina. Nessun odore dalla parte dei fornelli, ancora. Mi ha guardato solo l'attimo necessario a capire che sapevo ed ero preoccupata per lei. La trovavo strana già da un po', come presa da un pensiero fisso.

– Aspettavo il momento per dirtelo. È una grande

gioia. Certo, mi mancherà, Lorenza –. Ha pronunciato il nome con la lentezza sufficiente a ripassarsi, nel frattempo, l'affetto che si sono scambiate.

– Tanto anche noi ce ne andremo da qui, quando le nostre case saranno sistemate. Continuerete a vedervi comunque, no? – ho provato a suggerire a chi non voleva affezionarsi a questi vicini transitori.

– Sí, ce lo siamo promesso. Verrà a trovarci e ci incontreremo sempre al cimitero. Non sarà la stessa cosa che averla alla piastra accanto, ma non è importante. L'importante è che nascerà il bambino, una salvezza. La Madonna ha esaudito le mie preghiere, ogni sera pregavo per questo –. Sembrava una litania già ripetuta a se stessa.

– Veramente pensavo che, cosí magra, non potesse rimanere incinta…

– Il ciclo le era tornato da un po' di mesi, si era impegnata assai per il recupero di qualche chilo, – ha preso a spiegare con la voce e le mani leggere nell'aria. Si è animata dell'orgoglio che muove le persone quando parlano dei figli. – All'inizio non si è resa conto, pensava alle sue cose ancora irregolari. Figurati che Antonio le aveva appena regalato il cane, per tenerle compagnia, quando hanno saputo della gravidanza.

Una breve ferita mi si è aperta all'improvviso nel sentirla cosí informata sulle mestruazioni di Lorenza e cosí ignara delle mie, scomparse insieme a Olivia. È vero che non gliene ho mai parlato, ma possibile che non si sia accorta del pacco di assorbenti sempre intero, sempre chiuso, sempre lo stesso, in bagno? Di sicuro se n'è accorta e ha taciuto, come ho taciuto io.

– Secondo me ti devi preparare a fare la nonna. Anche la mamma di Antonio non c'è piú, questo bambino dovrà pur averla, una nonna.

– Lo farei volentieri, figurati. Abbiamo anche visto gli orari degli autobus, ce n'è uno che ferma proprio a due passi dalla casa dove abiteranno. Potrei andare con quello, ad aiutarla. Un bimbo piccolo richiede tante di quelle attenzioni, e lei non ha nessuno, proprio. Però bisogna vedere, poi. Quando ci si allontana è facile perdersi.

– Non credo che sarà il vostro caso, – l'ho subito rassicurata. Non mi stava ascoltando, un sorriso le si è acceso mentre il pomeriggio cominciava a ritirarsi dalla stanza, a piccoli scatti.

– Ha detto che vuole me come madrina di battesimo. Ma le ho raccomandato di non parlarne ancora, per scaramanzia, è troppo presto. È solo al terzo mese –. Era evidente che la richiesta l'aveva gratificata.

C'è un silenzio, questa notte. Dorme il cane che abbaia sempre, in lontananza, e Bric non guaisce sottovoce nei sogni. Nemmeno la solita tosse misteriosa si fa viva, magari è guarita, alla fine. Certi giorni si soffre già il caldo nelle ore centrali, prima che cada la pioggia. Mi giro nel letto e cambio argomento. Penso a tutti i compiti in classe e le interrogazioni che Marco deve ancora sostenere, se vuole cavarsela solo con qualche debito, e penso un attimo a Sandro che se non si sbriga a tornare me lo dimentico.

Poi arriva qualcosa dall'esterno e all'inizio credo di non aver sentito bene. Per lunghi istanti piú nulla, quasi un dispetto. Cerco una posizione che mi lasci libere dal cuscino entrambe le orecchie e le oriento verso il buio oltre la finestra. Avverto il microscopico scricchiolio delle cartilagini che si tendono allo stimolo incostante, ma forse è solo una fantasia. Di nuovo, sembra, ma poi niente, come in un gioco a rimpiattino sonoro. Mi alzo e raggiungo il balcone scalza, attenta a evitare la trappola delle scarpe di

Marco. Esco e trattengo il respiro, fiduciosa. Anche la fila
degli alberi che intuisco là in fondo con il fogliame nuovo, tenero e verde chiaro, pare in attesa. Infine si decide.
Chiú, canta l'assiolo, *chiú, chiú, chiú, chiú*. Il suo verso è
un Mi bemolle, ci aveva detto quella volta Roberto dalla
terrazza, e per dimostrarcelo era venuto dentro, di corsa
al pianoforte, e aveva percosso il tasto corrispondente.

   – È vero, è uguale! – si era entusiasmata Olivia e gli
aveva sorriso rovesciando indietro i capelli alla luce della lampada, in una stanza della loro prima casa insieme.
Allora lui aveva proseguito a suonare una nota dopo ogni
verso e avevano duettato cosí, finché l'uccello non si era
stufato. Ci eravamo divertite, e Olivia gli aveva teso un
bicchiere con qualcosa di buono, quando ancora credeva
nel loro futuro.

   Chiú, ripete il cantante notturno, *chiú, chiú, chiú,
chiú*. Si è preso una lunga pausa dal minuto precedente al terremoto, ma non mi trasmette nessuna angoscia
a riascoltarlo dopo allora. Deve essere posato su uno dei
due tigli là davanti e diffonde nell'aria ferma e frizzante
i suoni prodotti in purezza dalla piccola gola. Lo sentono anche le stelle chiarissime dopo il consueto temporale
pomeridiano, la luna accecata dalla fase, forse può sentirlo anche l'uomo insonne della piastra di fronte, dietro
la finestra senza tende sempre accesa a quest'ora. C'è
come una speranza nelle note e mi trovo un po' patetica
nell'atto di coglierla.

   Roberto domanda che è successo invece di dire pronto.
Punto il telefono verso i tigli e prego il *chiú* di non inter-
rompersi proprio adesso. Ma quello non è tipo da brutte
figure e sembra voler dare il massimo in questi secondi, co-

me in un'audizione. Sembra piú vicino, il volume piú alto. Roberto ride dentro il telefono, quando me lo riaccosto.

– Ti arriva? – chiedo un po' timorosa di averlo spaventato, alle due di notte.

– Certo, forte e nitido. L'assolo dell'assiolo. Non mi capitava da anni –. Sembra contento per questa specie di scherzo.

– Ti è passata la paura?

– Appena ho capito che non mi chiamava la zia di mio figlio, ma la svitata di sempre. Almeno ti ricordi la nota che fa il tuo amico, lí?

– Mi bemolle, maestro.

– Brava. E Marco l'ha ascoltato? – chiede quasi tenero, come un qualsiasi papà desideroso di mostrare i dettagli del mondo al proprio bambino.

– Se provo a svegliare tuo figlio per un motivo del genere, mi lancia la prima scarpa che trova a portata di mano. Dovresti saperlo quant'è romantico, – rispondo realistica. Di colpo ho fretta di chiudere.

Ho ceduto a una tentazione insidiosa e labile, la voglia di resuscitare, un istante, i due ragazzi che a lungo siamo stati, nello scorso millennio. Ho riprodotto una confidenza appartenuta a un tempo fossile, guardato da qui, ora. Ma avvicinarmi al padre oltre il necessario per Marco mi disturba cosí presto. Da sempre, Roberto fa quello che è. E io ho smesso di perdonarlo, non meno di mia madre.

Ieri mi ha chiamata lui.

– Marco ti ha detto che quest'estate verrà con me per concerti? Mi farà da voltapagine, vuole guadagnarsi qualcosa. Spero che si riavvicini un po' alla musica.

Neanche quella sono riusciti a condividere fino in fondo. Quando Roberto è andato via di casa, il figlio non ha piú voluto saperne delle sue lezioni di piano. A volte va a torturare la chitarra elettrica nel garage di Rash che invece spacca la batteria, un altro loro amico al basso chiude il terzetto. Ma non è una vera passione, ne sono al corrente solo perché ogni tanto chiede i soldi per sostituire le corde spezzate.

– No, non me l'ha detto... ma per quanto?

– Non so, dipende dai debiti che gli darà la scuola, comunque il suo programma è visitare le città dove suonerò, e mi sembra una buona idea.

– Certo che è una buona idea... – ho ribattuto da questo balcone voltandomi verso l'interno quieto dove mia madre mondava carciofi, ignara di un'altra partenza. L'ho vista nei prossimi mesi seduta sul divano surriscaldato, con la trama delle vene in evidenza sotto la pelle assottigliata delle gambe e alla parete di fronte le lancette dell'orologio sempre negli stessi giri insensati.

31

Grida anche la seconda donna. Questa volta la bocca gliel'ho scavata fin dall'inizio, così ha cominciato subito a sfogarsi, mentre continuavo a lavorarla. Il mio amico Mariano, maestro dei cuchi, mi ha guidato al telefono per farla diventare un fischietto. Adesso è una bambola cava, soffiando in uno dei due fori in corrispondenza della mano sinistra, suona. Non sono mai stata così ansiosa di aprire il forno, ho deglutito saliva mentre ruotavo la maniglia. Temevo per la tenuta dell'argilla nella prima cottura e per la riuscita dei colori nella seconda, soprattutto per il verde della ramina e il marrone del manganese, che non sai come ti verranno quando il pennello li stende neri sul biscotto.

Sono contenta di lei, nelle braccia aperte e nella leggera inclinazione del busto in avanti somiglia molto alla sua gemella, nata da pochi giorni qui in laboratorio. L'abito è più semplice e senza maniche, di lana grezza a tinta unita, e per fortuna la ramina non mi ha tradito. Le ho inciso una greca appena sopra l'orlo, con una punta sottile, per impreziosirla un po'. Di nuovo ha i piedi prigionieri, ma in una pianura di terra ondulata dove ho predisposto piccoli buchi, per farle una sorpresa. Insieme alla donna ho cotto infatti qualcos'altro che non poteva vedere, l'ho girata di spalle apposta. Solo alla fine mi ha guardato montare su fili di ferro le api e le farfalle, e tutti i fiori rigidi modellati per lei. Glieli ho piantati intorno, fermando gli steli metallici con una goccia di colla nei forellini della base. Ora è circondata di corolle variopinte, ali e voli. La sua espressione è improvvisamente nuova, continua a strillare, ma è sopraffatta dalla bellezza e il grido è di meraviglia, di protesta ancora, e forse di gioia.

Tocco in rapida successione i ferri con le dita, vibrano come le corde di un'arpa e i petali duri si scontrano piano gli uni con gli altri producendo un suono diverso. Insieme a me lei ascolta, sopra la sua primavera.

Fin dal mattino appoggio le gemelle urlanti sul vecchio tavolaccio addossato al muro esterno della casa, per poter controllare ogni tanto mentre dipingo che non si azzuffino e risplendano al sole. È una giornata troppo limpida per tenerla a distanza, cosí sono venuta io fuori con tutto l'occorrente e ho ripreso il lavoro ordinario. Bomboniere per un matrimonio, centoventi tazze da colazione con relativo vassoio, largo a sufficienza da poter mettere un cornetto o una manciata di biscotti accanto al latte. La sposa ha scelto vari soggetti, ma preferisce decori con uva o melograni, benauguranti, dice. Si è raccomandata che i frutti siano spaccati e ben visibili i chicchi rossi all'interno, magari anche qualcuno rotolato via. Le ho risposto di non preoccuparsi, i chicchi si vedranno in tutta la loro lucentezza.

– E come riesci a farli lucenti? – ha chiesto stupita.

– Non è difficile, con un tocco di bianco in mezzo al rosso, – e le ho mostrato una brocca con un disegno simile. Ha voluto raddoppiare il numero dei melograni a scapito delle arance.

Alcuni pezzi già si asciugano, merito una sigaretta e un po' di riposo. Però meglio una mela, prima, cosí nella solita telefonata verso le tre potrò dire a mia madre di aver pranzato. Seduta sulla panca di legno accanto al portone del laboratorio, fumo a occhi socchiusi e seguo tra le ciglia l'andirivieni di una rondine impegnata a nutrire la prole in attesa nel nido sotto il cornicione. Li ho visti, ieri, con le gole pigolanti e i becchi teneri aperti verso il ritorno della mamma. Mi distrae il ronzio peloso del bombo, ancora non ne circolavano quest'anno. Tra le infinite possibilità a disposizione, decide di posarsi un attimo su uno dei fiori intorno alla scultura, ma non trova nessun polline da succhiare nel calice di ceramica e vola subito oltre, in cerca di vera dolcezza. Chissà dove arriva la vista dell'insetto, se si accorge delle nuvole che lievitano cosí rapide e si caricano d'acqua. Dovrà nascondersi dal temporale, una sola goccia potrebbe schiacciarlo, se viene forte giú dal Sirente come le altre volte. Riporto tutto dentro, prima della pioggia. Mia madre al telefono dice che alle C.A.S.E. è appena cominciata, hanno mangiato da poco e Marco già studia letteratura per l'interrogazione di domani. Non mi convince quello lí, fa il bravo da diversi giorni ormai. Quando c'è molto silenzio nella stanza dei bambini, stanno combinando qualcosa.

Lei invece, non ho bisogno di chiederlo, a quest'ora siede in poltrona a sferruzzare al pari di qualsiasi altra nonna una minuscola maglietta rossa con stelle bianche natalizie, sarà quello il periodo della nascita, e comunque non può rischiare con il celeste o il rosa pastello, sebbene i pronostici piú accreditati concordino su un maschio, stavolta, per Lorenza.

– Sarebbe meglio, – sosteneva ieri mia madre. – Una bambina le ricorderebbe troppo la creatura che non c'è piú –. Ormai non parla d'altro. Cucina regolarmente per la gravida e, già che ci siamo, anche per Antonio, che la moglie proprio non ce la fa e lui lavora, poverino. Però lava i piatti, sempre, vorrei proprio vedere che dobbiamo pensare pure a quello, mi viene da dire e sto zitta. C'è un gran viavai di contenitori coperti, tra le due piastre, pieni delle pietanze calde che Lorenza tollera meglio. Anche Marco si presta al trasporto con benevola sopportazione, e anch'io, naturalmente. Ma ogni tanto mi spazientisco un po', su e giú per le scale.

Lascio aperto allo scroscio e sto in piedi a guardare. Salvo qualche brontolio in lontananza, oggi niente tuoni, che spaventano i cani, ma le gocce arrivano violente come schegge di cielo e quasi bucano le piante. Rimbalzano sulla carrozzeria dell'auto e formano tutto un vapore sopra al cofano. Dal lato un po' in pendenza del piazzale l'acqua s'incanala e scorre in un breve ruscello torbido, prima di perdersi in campagna. Trascina in piccoli gorghi i frammenti strappati agli alberi, foglie, rametti, fiori fradici. Il bombo deve essere stato svelto a trovare un riparo sicuro, nel cavo di un tronco, sotto una grondaia, ospite delle api nelle loro casette colorate dopo la curva, laggiú, o magari se ne sta muto e immobile proprio qui dentro, in attesa che finisca. Ho messo le gemelle alla finestra, chiusa, a guardare anche loro il rovescio.

Mi stendo un po' sul divano, in ascolto, dopo aver verificato che non porto addosso macchie fresche. Con il trascorrere dei minuti la mia attenzione si allenta insieme al fragore e cedo a un dormiveglia superficiale, interrotto da sussulti periodici. Solo l'olfatto resta attivo, sullo sfondo della coscienza, per l'affollarsi nelle narici della polvere abbattuta, della terra impregnata e di tutte le essenze dei dintorni, esaltate dall'acqua e dal vento. A momenti mi pare di percepire con un barlume residuo di senso critico un odore diverso dai soliti nostrani, ma non basta per aprire gli occhi sulla sua origine, nemmeno quando sembra farsi prossimo e insistente. La mano al vetiver scende su una guancia e appena dopo sui capelli, li accompagna dalle radici all'intera media lunghezza. Li scosta dal viso. C'è un attimo di pausa e non mi spaventa, so di essere guardata. Continuo a tenere le palpebre chiuse e forse sorrido, infatti delle dita mi sfiorano le labbra, e poi altre labbra.

– Sai di mela, – dice a bassa voce.

– Ne ho mangiata una poco fa. E tu hai incontrato un bombo, per caso? Sono preoccupata per lui, – sussurro al suo volto cosí vicino. Ora lo vedo nella penombra, con un ginocchio sul pavimento di mattoni.

– E per me non ti preoccupi, che arrivo da lontano sotto il diluvio? – finge di risentirsi.

Gli tocco anch'io qualche ciocca grigia, sono appena umide. Gli faccio posto, si stende e ci abbracciamo.

– Tu sei grande, non hai paura.

– Ma sono geloso di questo bombo. Chi è, un parente del calabrone?

– Il cugino, credo –. Ci muoviamo un po' per adattarci l'uno all'altra nello spazio disponibile.

– È pieno di novità, qui. Chi sono le due alla finestra che gridano? Sei tu la donna tra i fiori?

– Oh, quelle. Le mie prove di scultura. Le ho modellate per gioco, non sono in vendita.

Sorride e osserva attento la bocca, quando parlo. Ma siamo troppo poco distanti, per poterci vedere bene. Rabbrividisce non di freddo e mi stringe un po' di piú.

– È molto che sei qui? – chiedo accarezzandogli uno zigomo con il dorso dell'indice.

– Il tempo di guardarti dormire con la porta aperta, bella e imprudente.

– Siamo in campagna, l'hai dimenticato. Si può lasciare aperto, soprattutto se aspetti qualcuno.

– Bugiarda, non arrivo mai a metà settimana… – ribatte mentre l'ingombro duro del suo sesso vestito comincia a spingersi con delicatezza verso la mia pancia vestita.

– Non ho detto che aspettavo te, – bisbiglio in un orecchio, ma lui non ascolta piú e non replica, mi smentisce corpo a corpo.

Nel tardo pomeriggio un sereno commovente si riappropria del cielo e propongo una passeggiata. Camminiamo quasi incerti sulle gambe, come chi le sente molli dopo l'amore. Gli mostro i cespugli della rosa canina traboccanti di fiori, mantenendo una promessa. L'acqua cola in gocce sull'erba dalle corolle e dalle spine, dagli apici delle foglie, sotto il tramonto arancio e febbrile. Ci fermiamo per assistere agli ultimi concitati istanti di sole, poi al trapasso del punto finale oltre la montagna. Ricevo un altro bacio, solo per questo. Torniamo verso casa nell'aria subito fredda, con le scarpe infangate e il cuore colmo.

Sandro m'invita a cena fuori, gli chiedo come mai oggi non ha preso il pane a San Gregorio.

– Avevo fretta e paura di non trovarti, – dice serio con la mano appoggiata alla mia auto in partenza. Devo andare a cambiarmi.

– Perché non mi hai chiamato nemmeno una volta? – lo rimprovero abrasiva spegnendo il motore.

– Ho provato a resisterti, da lontano. Poi mi sono arreso e ho infranto tutti i limiti di velocità sulla strada del ritorno. Vieni, – e indica la casa con una breve rotazione della testa. Apre la portiera e mi tira fuori gentile per un braccio.

– Non prima di una doccia, comincio a sentirmi a disagio –. Sottrae un po' di scatto il collo di mezza età alle mie dita che volevano accarezzarlo, come un punto debole da non esporre.

– Ti lascio andare, allora. Ma poi dormiamo insieme. E metti le ballerine rosse.

Nello specchio il mio corpo è già un altro. Le spalle si sono raddrizzate tirando su i seni che non ricordavo di avere, la curva dei glutei è accentuata sotto la mano che spalma la crema. Non ce ne sarebbe bisogno, la pelle è piú liscia di suo per l'effetto persistente del tocco umano, ma voglio metterla lo stesso e cerco anche un completo intimo ricevuto in regalo e mai indossato. È in fondo, con le etichette ancora da staccare. Per i capelli rubo un po' di spuma a mio nipote e alle calze ci rinuncio, dopotutto è giugno, ormai. L'abito a fiori s'incrocia sul petto e si annoda con un fiocco al punto vita, poi scende al ginocchio e guarda le ballerine. Saluto madre e nipote, li ho già avvisati che dormo da Silvia.

– Ma dove vai cosí combinata? – domanda Marco.

– A cena con un uomo. È già sotto.

Si precipitano al balcone inciampando l'uno con l'altra nella foga, Bric gli abbaia dietro e tenta di intrufolarsi. Guaisce, la nonna lo ha pestato per sbaglio. Non credo mi sentano ridere per le scale.

Sandro è sceso dall'auto e osserva le C.A.S.E. La matta lo tiene d'occhio, seminascosta dietro un furgone parcheggiato; saprò poi che gli ha pure chiesto chi aspettava e lui le ha risposto Caterina. Piroetto sulle punte per farmi ammirare da tutti questi spettatori, il vestito fa la ruota. Mentre partiamo mi volto un istante verso Marco di sopra, con il cane in braccio, non era giusto fargli perdere la zia che esce con un tipo molto piú vecchio di lei.

Al ristorante ignoro lo sguardo di complicità del cameriere, forse abituato alle cene del professore in compagnia di altre. Dopo gli antipasti e le tagliatelle al tartufo ci guardiamo e riconosco la nostalgia di stare soli. Perciò di tutto il resto ci passa la fame e andiamo via.

La finestra della stanza dove ho passato l'aspirapolvere è un manifesto di stelle a quest'ora. Chiamate per nome le piú importanti, nessuna vuole cadere a beneficio dei desideri, cosí il repertorio di banalità degli innamorati è finalmente esaurito. Sandro mi sfila le scarpe e slaccia il nodo alla vita, il mio corpo lo accoglie di nuovo, con un piccolo gemito.

32

Marco è pronto a partire, si è preparato un borsone di indumenti estivi e lo zaino con i libri delle due materie da recuperare a settembre. Lui, Rash e Andrea, il ragazzo che abita nei M.A.P., hanno festeggiato la bocciatura scampata con una sbronza solenne, l'altra notte. Alle tre mi ha chiamato per andare a raccoglierli in centro. Portami una maglietta pulita, ha detto.

Piazza Regina Margherita era invasa di giovani con le birre o i cocktail ghiacciati in mano, seduti ai tavoli dei vari locali che aprono solo d'estate e somministrano alcolici e musica a tutto volume. Molti stazionavano in piedi, alcuni con le schiene alle facciate dei palazzi ingessati. Sorseggiavano dal vetro appannato e scuotevano la testa a tempo, ho dovuto procedere a zig-zag per evitare l'ingombro apatico dei loro corpi. Dopo poche decine di metri su via Garibaldi, si è aperto un silenzio appena offeso dal rimbombo delle percussioni, dalle zaffate di piscio seccato in un angolo. Chissà come si mettono d'accordo per urinare tutti nello stesso posto.

Marco e Andrea si mimetizzavano nella rientranza di un portone, Rash non era piú con loro. Sui sampietrini a fianco, un vomito di cibo non digerito e attorno la raggiera degli schizzi. Mio nipote si era un po' ripreso, o forse aveva bevuto meno. Sul petto il cotone bianco era punteggiato da grumi rossastri rigettati, ha intuito il mio dubbio e mi ha rassicurata, non era sangue ma fragole, le avevano mangiate a casa di Rash, a cena. Si è subito cambiato la maglietta evitando il contatto di quella sporca con il viso ormai vigile. L'altro stava buttato sul gradino, il capo all'indietro contro il legno. Risplendeva nella semioscurità di un pallore grigiastro e umido, i capelli sembravano ravviati grossolanamente con le dita, quelle di Marco, ho immaginato. Dormiva il sonno chimico degli ubriachi mostrando nella fessura tra le palpebre la rotazione ricorrente degli occhi.

Sono tornata in piazzetta a prendere un caffè per Andrea e li ho raggiunti di nuovo, uguali a come li avevo lasciati. Quello più sveglio ha accostato piano il bicchiere di plastica alle labbra dell'amico dopo aver sentito la temperatura con un assaggio minimo. L'ha tirato su e gli ha detto di bere, sostenendolo alla nuca. Una madre non sarebbe stata più attenta. Poi qualche sorso d'acqua, e con il resto gli ha lavato la faccia. Non erano i gesti di uno sbronzo, erano lenti e dolci, li ho osservati ammirata chiedendomi dove, quando, da chi li ha appresi. Mi sono risposta.

Andrea ha collaborato debolmente al recupero della posizione eretta, ci siamo mossi a fatica offrendogli appoggio io da una parte e Marco dall'altra. A tratti sembrava riaddormentarsi, allora trascinava i piedi e il peso ci moriva addosso. In piazzetta le bottiglie buttate per terra ci rotolavano davanti quando le toccavamo per sbaglio con un passo, ormai i pochi bidoni della spazzatura traboccavano di vuoti a perdere. Ci siamo fermati un minuto a riposare, appoggiati alla polvere stagionata di una vetrina in abbandono. Alla Fontana Luminosa abbiamo lasciato quasi cadere Andrea su un gradino e sono andata a prendere l'auto. Ha dormito ancora un po' sul sedile posteriore durante il tragitto, Marco si è girato a svegliarlo quando siamo arrivati in vista dei M.A.P. e gli ha messo in bocca una gomma da masticare.

– È per l'alito, – ha detto l'esperto. Alle quattro del mattino Andrea ha interpretato per noi la famosa scena dell'ubriaco che deve centrare la toppa con la chiave. Marco rideva e commentava sottovoce, si è trattenuto a stento dall'aiutarlo. Ce ne siamo andati dopo che la porta si è chiusa senza rumore. Durante il ritorno non ero in vena di rimproveri e non ci siamo scambiati nemmeno una parola. Pensavamo ad Andrea, avevamo paura per lui, del padre.

Da tre giorni mio nipote tenta di convincere Bric che non può portarlo con sé a Roma. Ripete gli stessi motivi, fino all'ultimo momento.

– Staresti tanto tempo a casa da solo, soprattutto la sera, quando abbiamo i concerti –. Risponde alle immaginarie obiezioni dell'altro. – È vero che c'è un parco vicino dove potresti scorrazzare, ma a chi ti lascio se andiamo fuori?

Il cane drizza le orecchie e lo fissa interrogativo, trovandolo steso a pancia in giú sul tappeto gli molla anche una leccata sui brufoli asciugati.

– A Roma non c'è Lorenza che ti può tenere quando queste vanno in visita ai parenti, là i vicini si salutano appena. Ci sarebbe Irene al terzo piano, ma figurati se sua madre... hanno il gatto, loro –. Lo accarezza, controlla alzandogli il pelo sulla schiena una ferita che Bric si è procurato la settimana scorsa azzuffandosi con uno piú grosso di lui.

– E poi io vengo a trovarti in questi mesi, due o tre volte di sicuro. E a fine agosto devo essere qui per gli esami a scuola, dopo non me ne vado piú. Non ci mette niente a passare il tempo.

La nonna si è fermata di colpo, con le mani di marmo

nell'aria. Ascolta avidamente le ultime frasi, senza darsi pena di dissimulare il suo interesse. Gli stava confezionando la torta di mele ancora tiepida nella carta bianca, era quello l'unico rumore della casa nell'attesa di Roberto che viene a prendere il figlio. Ci guardiamo un attimo, io e lei, una sola lacrima felice le bagna la profondità di una ruga. Nostro nipote tornerà, almeno per un altro anno scolastico. Cosí sembra adesso, all'inizio dell'estate.

Mia madre ricomincia a piegare la carta, le risponde piacevole lo stesso crepitio che prima suonava quasi angoscioso. Attacca il nastro adesivo nei punti giusti, con metodo. Ha preparato anche una cassetta di barattoli bolliti a bagnomaria, contengono i sughi preferiti di Marco, al basilico, all'arrabbiata, ai peperoni e olive. Non mancano la marmellata di fragole, due vasetti, la giardiniera in agrodolce e un abbondante spezzatino di pollo alla cacciatora cucinato ieri sera. È solo da scaldare per cena, in una padella a fuoco basso, raccomanda lei a chi ha messo la tazza del latte direttamente sul fornello acceso, un paio di anni fa.

Nella mia tasca arriva un messaggio. Lo leggo quasi senza stupore, scrive da una stazione di servizio sull'autostrada adriatica. È trascorsa appena la metà dei dieci giorni di vacanza previsti. Un lungo giro di parole per concludere che ha bisogno di allontanarsi un po', troppo preso da me, si dice. Poi manca del testo. Lo ricaccio dov'era, accanto a una rabbia moderata e secondaria. Brucerà forte, ma piú tardi.

Adesso non posso badarci, Roberto già suona il campanello, è sotto la piastra. Scendiamo, sollecita Marco. Lui porta zaino e borsone, la nonna il dolce e io la cassetta delle provviste. Bric solo il suo smarrimento. L'immancabile vicina oggi molto fiorita aspetta dietro il cigolio dei cardini, ci pedina attraverso il parcheggio canticchiando L'Aquila bella mia, come al solito. Seguiamo le gambe chilometriche di Marco, sembrano storte sotto i bermuda, ma è solo l'effetto della magrezza. Si è comprato un paio di jeans scuri e senza strappi, per i concerti del padre.

– E che ci abbini? – gli ho chiesto.

– Una camicia bianca o una blu –. Fin troppo eleganti per lui.

– Non sali a bere un caffè prima di rimetterti alla guida? – domando a Roberto dopo che abbiamo caricato il bagagliaio. No, non c'è tempo, stasera suona a Nettuno e Marco comincerà a voltare le pagine.

Nostro nipote si china a baciarci tenendosi i riccioli per non pungerci gli occhi. Saluta Bric e me lo lascia tra le braccia come quando è partito per la gita, ma il cane balza giú appena sente mettere in moto e schizza all'inseguimento. Rincorre il mulinello dei gas di scarico con tutta l'energia disperata delle zampe tozze e del cuore meticcio, il pelo nero gli luccica al sole. Marco si sporge a guardarlo dal finestrino, poi sembra agitarsi dentro l'abitacolo. Bric accelera la sua corsa selvaggia, non si rassegna a perderne un altro. Ma non è piú giovane né un levriero, qualche passo va a vuoto, inizia a rimanere indietro per la stanchezza e la velocità sleale del mezzo che lo sta seminando. Aumentano i metri che li separano e gli crolla la speranza. Lo vediamo sparire dietro un cespuglio, forse si è buttato a terra, a respirare. Restiamo un po' in attesa mentre si alza un vento carico di pollini.

Una vibrazione avvisa del messaggio che si completa, mi giro per leggerlo all'ombra del corpo. Tornerà, mi chiede di aspettarlo. Un lungo bacio. Lo rimetto in tasca, a decantare.

– Chissà se mangia, a Roma... – sospira mia madre. Rientriamo lasciando il portone aperto per Bric.

– Con tutte le provviste che gli hai preparato non patirà certo la fame, – osservo e intanto ritiro la posta, sfoglio le scadenze. – Piuttosto potevi scegliere dei barattoli un po' piú grandi per i sughi, sono tutti da una porzione e loro saranno in due a tavola.

Già per le scale, si ferma e si volta verso di me senza rispondere, le labbra contratte e intorno i raggi scuri scolpiti nella pelle. Da qualche parte il rumore di una finestra sbattuta dal vento. La somma dolorosa degli anni le tira la spalla vestita di cotone, disegna la piega rigida del gomito nudo. Sul corrimano la vecchia fede consumata dalle durezze del mondo ancora brilla.

Postfazione

Alle 3,31 del 6 aprile 2009 dormivo a casa mia, a Penne, nella fascia di colline tra l'Appennino abruzzese e il mare. Accanto, mio figlio di dieci anni approfittava del posto lasciato libero dal padre, da qualche giorno in Polonia per lavoro.

Un minuto dopo il letto ha preso a muoversi, qualcosa lo scuoteva da sotto. Appena svegliata, ho saputo subito cos'era, lo avevo già provato qualche volta nella vita, mai tanto forte. Ho tirato via il bambino per un braccio, ci siamo accostati al muro maestro. Il terremoto, gli ho detto. Le ante degli armadi sbattevano, la ringhiera della scala interna cigolava ritmicamente e di là, in cucina, gli oggetti cadevano dalle mensole e si rompevano. Nel tempo interminabile della scossa stringevo la mano di mio figlio e riuscivo a pensare solo basta, fèrmati, prima che crolli tutto. Si è fermato. Ho aperto la finestra d'istinto. Fuori come un fragore che si attenuava, dalla montagna al mare. Al balcone della sua camera la nostra vicina in camicia da notte, un palmo sul petto ansimante. Oddio, ripeteva. Le luci accese nel quartiere e voci concitate di gente scesa in strada.

A Penne ci siamo resi conto al mattino che il terremoto ci aveva solo spaventati, era stato gentile con noi. Nessun ferito, pochi danni. Però aveva distrutto L'Aquila. Le prime immagini, con le voragini aperte e le macchine precipitate dentro. La conta dei morti, in continuo aumento.

E intanto altre scosse, avevamo paura anche noi, distanti dall'epicentro. Le scuole chiuse, il sonno guasto, sempre pronti a scappare dalle case.

Ho impiegato giorni a rintracciare gli amici aquilani. Non rispondevano al telefono, non sapevo come cercarli. Non sapevo se erano vivi.

L'Aquila è l'unica città che ho sentito mia. Nel 1981 ero matricola alla facoltà di Odontoiatria e Protesi Dentaria, di recente istituzione. Prima avevo sempre abitato in campagna, frequentavo da pendolare il liceo scientifico di Penne. L'Aquila non era una metropoli, eppure era grande per me. Non nascondevo la mia origine, ma cercavo di superarla. Mi esercitavo a eliminare le inflessioni dialettali, copiavo con una certa diligenza i modi di chi aveva un'educazione piú elevata della mia. Una compagna di corso mi disse una volta: tu hai il complesso del tacco infangato.

Sembrava una città chiusa, tra le sue montagne, nel suo clima rigido (undici mesi di freddo e uno di fresco, dicono loro), nella riservatezza degli abitanti. Ma poi si aprivano improvvise le piazzette luminose, i sagrati delle chiese, facciate e portali. S. Maria in Collemaggio, S. Maria Paganica, S. Pietro. E questo leggendario numero novantanove: novantanove le chiese, le piazze, le fontane, i castelli, tutto novantanove. L'Aquila, con una densità di monumenti paragonabile a quella di Siena. Ma piú nascosta, piú segreta, piú gelosa del suo. Però pronta ad accoglierti, dopo una ritrosia iniziale solo apparente.

Al primo incontro si mostravano orsi anche i giovani, ma poi ti ritrovavi preso chissà come nelle loro vite, nei loro posti. La Cantina del Boss, io quasi astemia nell'odore di vino che traspirava pure dall'intonaco. La scalinata di S. Bernardino ricoperta di neve ghiacciata, in discesa a capofitto con l'Austin Allegro (ribattezzata Tristello) di

Roberto Manilla. Cosí, tanto per vedere come si sarebbe conclusa giú in fondo la serie dei testa-coda. Mi sono scoperta un giorno a parlare con la cadenza caratteristica della loro lingua piena di U e misteri. Il mistero dell'articolo determinativo maschile singolare: *ju* o *lo*? Perché con pane ci va *lo* (*lo pa'*) e con prosciutto ci va *ju* (*ju prosciutto*)? *Lo pa' co' ju prosciutto*!

Mi ospitava una famiglia, in via Castello 55, proprio di fronte al Forte Spagnolo. La sera cenavo con loro. La signora Leda è riuscita ad aggiungere qualche chilo al mio scarso peso, da pensionante mi vergognavo a lasciare gli avanzi nel piatto. Come tutti gli studenti tornavo a casa qualche fine settimana, nei periodi festivi, in estate. E mi sembrava cosí tanto campagna. Nel frattempo dall'altra parte crescevano le amicizie, in numero e intensità. Anche se non ci vedevamo a luglio e agosto, le ritrovavo a settembre fresche e vive come se ci fossimo lasciati il giorno prima. *Riesso quisso* («riecco quello», in traduzione approssimativa) è la battuta proverbiale riservata a chi si ripresenta in piazza Duomo, magari dopo una vita altrove. Cosí, con poca enfasi, i rimasti ti includono di nuovo nella comunità, ti perdonano ogni tradimento. In cinque anni sono diventata, senza saperlo, un po' aquilana. Poi me ne sono andata.

L'angoscia del 7 aprile 2009 mi ha rivelato l'appartenenza emotiva a una città che non ha mai figurato in nessun mio documento. Dov'erano Danilo Bandini, Antonio Camorchia, la famiglia Manilla? La casa della signora Leda aveva resistito? E l'Università?

I miei amici erano tutti vivi. Ci siamo incontrati una domenica in un ristorante sulla costa, alcuni di loro erano sfollati in un albergo lí vicino. L'altezza raggiunta dai nostri figli ci ha ricordato il troppo tempo trascorso dall'ultima volta. Ci siamo abbracciati in silenzio.

Sono passati tre anni prima che il terremoto diventasse per me urgenza narrativa. Un pre-testo per lavorare sul lutto e sulla possibilità di trasformarlo. Ho immaginato una coppia di gemelle separate dalla morte di una, Olivia, rimasta schiacciata dal tetto di casa sua. Intorno a questa perdita centrale si ricompone una famiglia anomala: la mamma di Olivia, il figlio adolescente, la sorella sopravvissuta. È lei l'io narrante. Vivono in un appartamento del progetto C.A.S.E., a chilometri di distanza dal centro storico che hanno abitato. Si confrontano ognuno con il proprio dolore, lo stesso, ma diverso da quello degli altri due. E nel dolore Marco è chiamato a crescere, la zia a individuarsi rispetto alla gemella, nella cui ombra si era riparata. Nel definirsi Caterina accetta gradualmente l'eredità che la sorella le ha lasciato, il figlio. Nipote, ma ormai anche figlio, per lei che non aveva voluto essere madre.

I personaggi costruiscono parti di sé e una nuova trama di relazioni; non è una ricostruzione: niente sarà piú come prima. Sullo sfondo la città, svuotata per forza.

Oggi L'Aquila è considerata il piú grande cantiere d'Europa. Si parla molto della smart city che diventerà. In centro un concerto di martelli pneumatici, mole, camion che trasportano materiali edili. Polvere dappertutto. Molti palazzi finiti, ma non ancora riabitati, alcune attività riaperte, il Boss già poco dopo la scossa. L'amico che mi ha accompagnato nell'ultima visita ha detto: L'Aquila, novantanove chiese, novantanove piazze e novantanove gru. Abbiamo riso un po' amaro. Ho chiesto se la gente tornerà, non mi ha risposto. Di quello che gli aquilani si portano dentro nessuno parla.

Novembre 2017.

Ringraziamenti.

Grazie a Raffaella Lops per tutti i guai che mi ha fatto passare.
Sono stati indispensabili a questo libro.

Grazie a Giorgio Bafile, Danilo Bandini, Antonio Camorchia, Paolo Catone, Mario Cavalieri, Franca Cetra, Luigi Di Paolo, Mauro Di Pietrantonio, Francesco Di Simone, Vittoria Esquilino, Anna Filipponi, Mariano Fuga, Laura Grignoli, Tiziana Irti, Adelaide Leone, Carla e Roberto Manilla, Annangela Maroder, Sara Palumbo, Diego Pompei, Fausto Roncone, Enrico Santangelo, Gianfranco Scaramella. Ognuno di loro ricorderà di che.
A Paolo G. G come generoso.
Grazie a Tommaso per Bric e a Giacomo per il computer, a tutti e due per la sopportazione.
Se ho dimenticato qualcuno, mi scuso e lo ringrazio.

*Stampato per conto della Casa editrice Einaudi
presso ELCOGRAF S.p.A. - Stabilimento di Cles (Tn)
nel mese di gennaio 2018*

C.L. 23799

Edizione								Anno			
1	2	3	4	5	6	7		2018	2019	2020	2021